KB044632

문지스펙트럼

외국 문학선

2-011

Beowulf

베오울프

이동일 옮김

문학과지성사

외국 문학선 기획위원 김주연 · 권오룡 · 성민엽

문지스펙트럼 2-011
베오울프

초판 1쇄 발행 1998년 8월 28일
초판 4쇄 발행 2014년 3월 21일

옮긴이 이동일
펴낸이 주일우
펴낸곳 (주)문학과지성사
등록번호 제1993-000098호
주소 121-840 서울 마포구 서교동 395-2
전화 02)338-7224
팩스 02)323-4180(편집) 02)338-7221(영업)
전자우편 moonji@moonji.com
홈페이지 www.moonji.com

ISBN 89-320-1022-6
ISBN 89-320-0851-5(세트)

베오울프

기획의 말

「베오울프」는 고대 영어로 씌어진 최초의 장시로서 베오울프라는 한 영웅의 일대기를 감명스러운 어조로 서술한 작자 미상의 대서사시이다. 6세기 스칸디나비아(현재의 스웨덴, 덴마크 등의 북유럽 지역)를 배경으로 전개되는 이 시는 구두로 전술되어오다 대략 8세기경에 학문과 문화적 전통에 해박한 한 앵글로-색슨의 수도사에 의해 문자화된 시의 형태를 갖추게 되었으리라 추정되며 현재 대영 박물관에 소장되어 있는 수서본은 10세기경에 완성되어졌으리라 추측된다.

이웃 덴마크 왕국에 괴물 그렌델이 침입했다는 소식을 전해들은 예이츠족의 베오울프는 뛰어난 영웅적 기개로써 괴물을 퇴치한 후 고국에 귀환한다. 후에 예이츠족의 왕이 되어 나라를 잘 다스리던 중 무서운 용의 갑작스런 침입을 받게 된 그는 나라를 구하기 위해 목숨을 바쳐 용과 싸우다 용을 살해하고 그 자신도 장렬한 죽음을 맞이한다. 이와 같은 한 영웅의 일대기는 그 구성이나 소재 · 주제 면에 있어 초기

서유럽 문학권에서 흔히 접할 수 있는 요소들을 다분히 품고 있으나 이 시가 독특한 문학적 위상을 견지하게 되는 것은 다음과 같은 요인들이 복합적으로 얽혀 있기 때문이다. 즉, 게르만 전통에 입각한 운명관 및 명예 · 충성 · 복수를 기반으로 한 영웅주의 사회의 행동철학, 그리고 현실 세계를 뛰어넘는 초월적 현상의 절묘한 조합과 같은 문학적 예술성 외에도 고고학적 · 예술적 · 역사적인 사실이나 고대 여인의 역할 등의 문화와 관습에 관한 포괄적 요소들이 융해되어 있기 때문이다. 더욱 독자의 마음을 사로잡는 것은 이교도적인 영웅주의 도덕관과 기독교적인 도덕관을 절묘히 혼합시킨 시인의 뛰어난 독창성에 있다.

시라는 문학적 관점에서 보면 시어의 선택 및 배열이 뛰어나며 두운이라는 운율 작시법에 의해 시가 형성되었음을 알 수 있다. 3182행에 달하는 이 시는 각 행이 2개의 반행으로 이루어져 있는데 이 두운에 의해 각각의 반행에서 가장 중요한 의미를 지닌 단어 중에 강세를 받는 음절의 자음이나 모음의 소리가 다른 반행에서 반복되어지고 있다. 이 두운 작시법은 고대 영시 「베오울프」의 주요한 외형을 이루는데, 즉 시의 핵심 의미를 드러내는 시어들이 예외 없이 두운이라는 운율에 의해 제약을 받으므로 운율이 시의 내용과 긴밀한 유기적 관계를 지니게 된다. 또한 시어에 있어서는 이 작품이 고대 영문학기에 속하므로 시인의 시어 선택이 극히 제한적

일 것 같으나 3182행에서 보여지는 풍부하고 다양한 어휘들은 시인이 이러한 제약에서 벗어나 자유자재로 어휘를 선택하고 있음을 입증해준다.

언어를 중심으로 한 예술적 기교 외에도 이 시는 인간이면 봉착하게 되는 죽음과 운명에 관한 생의 근본적인 문제에 대한 고뇌를 되뇌게 한다. 전투를 근간으로 하는 영웅 시대에 있어서 항구적인 명예를 구축하기 위한 영웅들의 고뇌, 끊임없이 전개되는 불안과 공포 속에서 탈출하려는 인간들의 몸부림, 처절한 상황 속에서 미래의 평화를 확보하려는 인간들의 절박한 심정 등이 시대를 초월하여 현세의 인간들에게 긴장감을 주는 것은 무엇 때문일까? 그것은 죽음으로 치닫는 생을 어떻게 영위할 것인가라는 시공을 초월한 인간 삶의 근원적 문제에 대한 진지한 고뇌의 순간을 제공해주기 때문일 것이다.

이러한 점으로 난해함의 극치를 넘어 불가사의한 시라고 평가되고 시대를 초월하여 끊임없이 음미되어지는 「베오울프」는 독자들에게 생에 대한 진지한 사색의 시간을 갖게 할 것이다.

1998년 8월
기획위원

차 례

베오울프

「베오울프」의 시작 부분 원고

I

1 들어보라! 우리들은 전투에 능했던 옛 덴마크 왕들의 위대한 영예와 그들 군주들이 이룩한 용맹스러운 업적들을 들어왔노라. 쉴드쉐빙[1]은 주변에 대치해 있는 많은 종족들로부터 수차례에 거쳐 주석(酒席)을 빼앗았고 그들 군주들의 간담을 서늘케 했노라. 그의 시작은 매우 미미하였으나 이러한 출발에 대한 위안을 얻게 되었으니, 하늘 아래 날로 번창하여 모든 영예를 누렸고 마침내는 인접 국가들이 고래의 길(바다)을 건너 복종의 표시로써 그에게 공물을 바쳤노라—실로 위대한 왕이었도다.

후에 궁중에서 그의 아들이 태어났으니 이는 영도자가 없음으로 인해 오랫동안 그 백성들이 겪어왔던 가중한 고통을

---

1) 쉴드쉐빙: 그 기원이 전설적인 덴마크 왕가의 조상.

감찰하신 하나님께서 이를 위안코자 보내셨음이라. 그리하여 생명의 주권자이시며 영광의 통치자 되신 하나님께서 쉴드의 아들, 베오울프[2]에게 세상의 영예를 베푸셨으니 그의
20 명성이 널리 퍼졌노라. 자고로 젊은이란 그 부친의 보호 아래 있을 때에는 고귀한 보물들을 관대히 하사하여 후에 나이 들어 전쟁이 발생했을 때 사랑하는 동료 용사들이 그의 옆에서 그를 호위하며 그를 도와 전투에 참여하게 하는 것이니라. 칭송받을 만한 일을 행하는 자는 어느 민족에서나 번영케 되느니라. 그리고 쉴드 왕은 운명의 때에 달해 하나님의 품으로 불려갔으며 그의 친애하는 신하들은 오랫동안 이 땅을 다스렸던 온 백성의 친구이자 사랑하는 통치자인 그가 여전히 말의 효력을 지녔을 때 분부하신 대로 그를 바닷가로 모시고 갔노라. 항구에는 왕을 실어 나를 이물이 고리 모양으로 굽어진 얼음 덮인 배가 황급히 떠날 채비를 하고 있었노라. 그들은 그들이 친애하는 자, 보물을 하사하시는 영광스러운 군주를 배 안의 돛대 옆에 안치하였노라. 배 안에는 먼 나라들로부터 가져온 온갖 진귀한 보물과 장식물들이 있었으니, 나는 일찍이 이렇게 훌륭히도 전투용 무기나 전투복, 검, 그리고 쇠사슬 흉부갑옷 등을 갖추고 있는 배에 대해
40 서는 들어본 적이 없노라. 왕의 가슴에는 그와 함께 드넓은

2) 베오울프: 쉴드쉐빙의 아들로서 이 시의 주인공인 베오울프와 동명이인임.

바닷물살을 가로질러 항해할 수많은 금은보화들이 놓여 있었노라. 그들은 백성들의 보물로써 처음에 어린 몸인 그를 홀로 바다 건너로 보냈던 사람들보다 더욱 성대히 그를 장식했었노라. 또한 그들은 왕의 머리 위로 높이 황금기를 매단 채 대양의 품에 그를 맡겨 바다로 하여금 그를 실어가게 하였으니, 마음은 슬펐고 가슴은 비탄에 젖었노라. 훗날 누가 그 뱃짐을 갖게 되었는지는 궁중의 현인들이나 천하의 그 어떤 용사들도 정확히 말할 수 없었노라. 덴마크 백성의 사랑하는 왕 베오울프는 그의 부친인 쉴드가 이 세상을 떠나 다른 곳으로 향하자 오랫동안 그의 성중에 거하며 여러 나라에서 그의 이름을 떨쳤노라. 후에 위대한 헤알프데인이 태어났으니, 그는 생전에 고귀한 덴마크인들을 다스렸으며 늙어서도 용맹스러운 투사였노라. 군대의 통솔자인 헤알프데인에게 네 명의 자식들이 태어났으니, 즉 헤오르가르, 흐로드가르, 선량한 할가, 그리고 내가 들은 바로 딸이 하나 있었는데 그녀는 호전적인 스웨덴 왕의 잠자리 벗, 즉 왕비가 되었다고 하노라. 그리고 흐로드가르 왕은 전쟁에서의 연승으로 명예를 얻게 되었으며 그의 가신들은 기꺼이 신하로서 복종의 예를 취하였고, 마침내 그가 이끌던 젊은 용사들은 막강한 전투 집단으로 성장하게 되었노라. 그의 의중에 한 생각이 떠올랐으니, 이는 인자들이 여태껏 들어본 적이 없는 주연이 베풀어지는 거대한 회관을 건립토록 하는 것이었노라. 그리하여

60

그 향연장에서 하나님이 그에게 부여하신 것 가운데 공공 토
지와 사람의 생명을 제외한 모든 것을 나이를 막론하여 누구
에게나 나누어주고자 했노라. 내가 듣기로 이 백성들의 궁을
장식하라는 왕의 명령이 지상의 여러 종족들에게까지 널리
하달되었다고 하노라.

궁의 건립이 신속히 이루어져 때가 되매 그 완성을 보았으
니 이는 가장 큰 궁궐이었노라. 말의 위력이 널리 뻗었던 왕
80 은 이 궁의 이름을 헤오로트(숫사슴)라고 명명하였노라. 그
는 약속을 어기지 않고 연회석상에서 보물이나 금고리들을
나눠주었노라. 넓은 박공을 단 높이 솟은 이 궁은 악의에 찬
전투의 불길을 기다리고 있었노라. 하지만 필살의 투쟁으로
인한 사위와 장인(흐로드가르와 잉겔드)간의 증오의 칼부림
의 때는 아직 도래하지 않았노라. 그때 암흑 속에서 웅크리
고 있던 그 흉악한 괴물은 매일같이 크게 울려퍼지는 향연장
의 흥겨운 소리들로 인한 고통의 순간을 가까스로 견뎌내야
만 했노라. 그곳에서는 하프 선율도 흘러나왔고 음유 시인의
청아한 노랫소리도 들려왔노라. 태고로부터의 인간의 기원
을 읊을 수 있는 시인은 그것을 노래하였노라. 전능하신 하
나님은 물이 감싸고 있는 아름답고 밝게 빛나는 평지인 지구
를 빚으셨고 또한 주님은 승리의 영광 속에 이 땅에 거하는
인간들을 위한 밝은 빛으로서 해와 달을 두셨으며, 지구 구
석구석까지 나뭇가지와 잎들로 단장하셨고 또한 살아 움직

100 이는 모든 생물에게 생명을 불어넣으셨느니라. 이와 같이 용사들은 지옥의 악마가 사악한 행위를 범할 때까지 그 홀에서 즐겁고 행복하게 살았노라. 그렌델이라 불리는 이 무시무시한 악마는 악명 높은 변방의 유랑자였으며 그는 황야 또는 늪지대를 그의 안전한 은신처로 삼았노라. 이 비참한 짐승은 한동안 괴물들의 소굴에서 지냈으니 이는 창조주께서 그를 가인의 한통속으로 낙인하셨음이라. 영원하신 하나님께서 가인이 아벨에게 행한 그 살인을 응징하셨느니라.

가인은 그 적대 행위를 좋아하지 않았으니, 이는 하나님께서 그의 죄를 보사 그를 인간들로부터 멀리 추방하셨기 때문이니라. 그로부터 귀신이니, 작은 요물이니, 괴물이니 또는 오랫동안 신에 맞섰던 거인들이니 하는 모든 사악한 무리들이 일어나게 되었으니, 하나님은 응당 그들의 죄과에 보복을 하셨노라.

II

115 밤이 되자 그렌델은 쇠사슬 갑옷을 걸친 덴마크인들이 주연이 끝난 후 어떻게 지내는가를 살피기 위해 그 높이 솟은 홀을 찾아나섰노라. 그 안에는 향연이 끝난 후 일단의 고귀한 용사들이 슬픔이나 인간에 닥칠 불행을 알지 못한 채 잠

120 들어 있었노라. 무자비한 탐욕으로 가득 찬 사악한 짐승, 사납고 광포한 그는 즉각 공격 자세를 취하여 잠들어 있던 서른 명의 용사들을 사로잡았노라. 그런 후 그는 전리품을 으스대며 노획한 시체를 짊어지고 거처를 찾아 집으로 되돌아갔노라. 새벽이 밝아오자 그렌델의 전투력은 사람들에게 알려졌노라. 그리하여 연회가 끝난 다음날 거대한 아침의 통곡소리가 하늘 높이 울려퍼졌노라. 명성이 자자하며 누구보다 뛰어난 그 강대한 군주는 상심한 채 앉아 지극한 고통을 감당했으며 사람들이 그 극악한 괴물의 발자취를 발견했을 때 그의 용사들의 죽음을 슬퍼하셨노라. 그 고통은 너무나 가혹했으며 혐오스럽도록 오래 지속되었노라. 얼마 지나지 않은 바로 다음날 밤 그렌델은 또다시 더욱 흉악한 살인 행위와 악의에 찬 폭행을 자행하였으나 이것에 아무런 가책도 느끼지 않았으니 이는 그가 그러한 행위에 너무나 몰두해 있었기 때문이었노라.

140 향연장을 차지한 용사(그렌델)의 증오가 확실한 증거로 명백히 알려지게 되자 홀에서 떨어진 다른 외딴 곳이나 딴채 건물에 잠자리를 두는 자를 찾은 것은 어려운 일이 아니었노라. 그 후로 그 악마를 피하는 자는 더 안전한 곳에 가 있었노라. 이와 같이 그렌델은 정의에 대항하여 혼자 힘으로 모든 이들을 맞서 그곳을 통치했으며 그리하여 마침내 그 최상의 홀은 텅 비게 되었노라. 이러한 상태는 열두 해 동안 오

래 지속되었으며 덴마크 백성의 친구이자 군주인 흐로드가르 왕은 온갖 고통과 지극한 슬픔을 겪게 되었노라. 그리하여 그렌델이 꽤 오랫동안 흐로드가르에 대항하여 증오와 악의에 찬 끊임없는 싸움을 이끌어갔다는 사실이 구슬픈 노래로 읊어져 인간의 자손들 사이에서 널리 알려지게 되었노라. 그렌델은 덴마크군의 어느 누구와도 평화를 원치 않았고 그 살상적인 난동을 그치려 들지도 않았으며 또한 화해를 위한 피값을 제공하려 하지도 않았노라. 그리고 궁궐의 어떤 현인도 그 살인자의 손아귀에서 그럴싸한 보상금을 기대할 필요가 없었노라.

160 어두운 죽음의 그림자와도 같은 이 괴물은 전투에 노련한 용사와 젊은 용사들을 괴롭혔고 잠복해 있다가 급습하곤 했으며 길고 긴 밤에 안개 자욱한 황야를 점거하고 있었노라. 사람들은 지옥의 비밀을 간직한 이 악마들이 어디로 그 방랑의 발길을 돌려갈지 알지 못했노라. 이리하여 인간의 적인 이 무자비한 외로운 보행자는 수없이 많은 포악한 짓을 저지르고 잔혹한 해를 끼쳤노라. 칠흑 같은 밤이 되면 그는 보석으로 장식된 헤오로트 궁에서 지냈으나 섭리에 의해 보물을 하사하는 그 왕좌에는 접근할 수가 없었으며 그 또한 그러한 생각은 안중에도 없었노라.

이러한 것은 만백성의 친구인 흐로드가르 왕에게는 가슴이 찢어질 듯한 슬픔이었노라. 많은 현자들이 회합에 참석하여 이러한 갑작스런 공포의 엄습에 불굴의 용사들이 취할 수 있는 최선의 방책이 무엇인가에 대해 골똘히 의논했노라. 때때로 그들은 우상을 받드는 이교 신전에서 그 우상에게 제물을 바칠 것을 맹세했고 영혼의 파괴자가 재앙중에 있는 백성들의 고통을 제해주기를 빌기도 했노라.

이렇게 하는 것이 그들의 관습이었고 그것은 곧 이교도들의 희망이었노라. 지옥에 관한 생각만이 그들의 심중을 차지하고 있었으며 만물의 심판자 되신 창조주에 대해서는 알지 못했으니 영광의 통치자시며 천국의 수호자이신 하나님을 어떻게 숭배할 줄을 몰랐노라.

180

사악한 소행으로 구원의 안락도 바라지 않고 제 영혼을 불구덩이에 내던지는 자에게 저주가 있으리라. 그러나 죽음의 때에 이르러 주님을 찾고 하나님 아버지의 품안에서 안식처를 찾는 자에게는 복이 있으리라.

III

189

이렇듯 지혜가 탁월한 헤알프데인의 아들 흐로드가르 왕은 항상 근심 속에 잠겨 있었으며 그러한 마음의 슬픔에서 헤어날 수 없었노라. 백성들에게 닥쳐온 재앙은 너무나도 가혹하고 무지비했으며 오래토록 지속되었으니, 참기 어려운

바이킹 시대 배

고통이며 가장 사악하고도 무서운 밤의 재앙이었노라. 예이츠인들 가운데 출중한 용사인 히옐락의 신하, 베오울프는 본국에서 그렌델의 소행을 듣게 되었노라. 그는 고귀한 성품에 누구보다 큰 체구를 가졌으니 그 당시 사람들 가운데 가장 힘센 자였노라. 그는 바닷물결을 가로지를 배 한 척을 준비토록 명하였노라. 그는 백조의 길(바다)을 건너 용사들의 도움을 필요로 하는 전투에 능한 군주, 저 유명한 흐로드가르 왕을 찾아가겠노라고 말했노라. 비록 베오울프는 그들에게 더없이 소중한 자였지만 궁중의 현인들은 그의 모험을 비난

200

치 않고 오히려 그 대담무쌍한 용사를 격려했으며 점(占)을 쳐서 그의 모험에 대한 전조를 알아보았노라. 고귀한 용사 베오울프는 예이츠인들 가운데 찾을 수 있는 가장 용맹한 열네 명의 용사들을 뽑았노라. 항해술에 능한 베오울프는 그들을 해안가로 안내했고 그 열다섯 명 모두는 배 쪽으로 향했노라. 시간이 흘러 절벽 밑에 있는 배는 바닷물결을 타기 시작했으며 용사들은 뱃머리에 올라탔노라. 물결이 모래에 부딪혀 소용돌이치기 시작했고 용사들은 반짝이는 장신구, 화려한 전투 장비들을 배 안에 실었노라. 모험심에 불탄 용사들은 잘 축조된 배를 바다 위로 진수시켰노라.

그리하여 그 배는 뱃머리에 거품을 일으키며 흡사 새와 같이 바람에 부추기어 물결치는 파도 위를 미끄러져갔노라. 다음날 뱃머리가 굽어진 그 배는 항해를 계속했고 이윽고 때가 되매 그 선원들은 육지, 반짝이는 해안의 절벽, 가파른 해안, 그리고 넓은 갑(岬)을 볼 수 있게 되었노라.

220

이제 바다는 건넜고 항해는 끝이 났노라. 예이츠의 용사들은 재빨리 육지에 올라 배를 잡아매었노라. 그들의 전투복인 쇠사슬 흉부갑옷은 그들이 움직일 때마다 덜거덕거렸으며 그들은 하나님에게 항해를 무사히 마친 것에 대한 감사를 드렸노라. 그때 해안의 방벽에서 해안 절벽의 망을 보고 있던 덴마크의 당직 사관은 번쩍이는 방패, 즉각 쓰여질 전투 장비가 배에 걸쳐진 건널 다리를 통해 옮겨지는 것을 보고 그들이 누군가 하는 호기심에 사로잡히게 되었노라. 그리하여 호로드가르 왕의 신하인 그는 말을 재촉하여 해안가에 다다라 양손에 든 큰 창을 휘두르며 격식을 갖춘 어조로 물었노라.

240 "이렇듯 쇠사슬 흉부갑옷을 걸치고 높이 치솟은 배를 타고 바닷길을 건너 이곳에 온 그대들은 뉘시오? 나는 오랫동안 해안 파수병으로 배를 이끌고 온 어떤 적군도 우리 덴마크 영토를 습격하지 못하도록 바다를 지켜왔소. 그 어떤 용사의 무리도 그렇게 대담하게 이곳에 상륙한 적이 없었소. 또한 그대들은 우리 용사들의 허가나 동족들의 승인이 필요하다는 것을 모르고 있었소. 나는 여태껏 지상에서 당신들 중의 한 사람, 그 무장한 용사같이 장대하며 무사다운 기개가 넘치는 이를 일찍이 본 적이 없었소. 판단컨대, 그의 용모나 출중한 외모가 그 자신의 정체를 속이지 않는다면, 그가 지닌 무기들을 보건대 그 무사다움이 돋보이는 것이 하찮은 가신(家臣)은 아닌 것 같소. 그대들이 수상한 자로서 덴마크 영토 깊숙이 들어오기 전에 그대들이 속한 혈통에 대해서 알아야만 하겠소.

먼 바다를 항해해온 낯선 자들이여, 나의 솔직한 생각을 경청하여 당신네들이 어디에서 왔는지 신속히 알려주시오."

IV

260 그러자 그 무리의 통솔자이며 우두머리 격인 베오울프가 말(語)의 보고(寶庫)를 터트렸노라.

"우리들은 예이츠족이며 히옐락 왕의 신복들이오. 나의 부친께서는 에즈데오우라 불리며 여러 종족들간에 널리 알려진 고귀한 장수였소. 그분은 오랫동안 사시다 나이 들어 이 세상의 거주지를 떠났소. 이 세상의 현인들은 그분을 잘 기억하고 있소. 우리는 우호적인 의도로 헤알프데인의 아들이며 백성의 수호자이신 그대의 군주를 알현하러 왔소. 그러니 우리를 잘 이끌어주시오. 우리는 덴마크의 위대한 군주에게 중대한 용무를 띠고 왔소. 내 생각건대, 아무것도 숨길 필요가 없을 것 같소.

우리가 들은 바가 사실이라면, 즉 어떤 종류의 악행자인지는 모르겠소만 어두운 밤이 되면 불가사의한 박해자가 덴마
280 크 백성 가운데 은밀히 가공할 만한 공포와 함께 적개심을 발하며 악의에 찬 살상을 자행하고 있음을 당신은 아실 것이오. 만약 그에게 고통으로부터의 위안과 운명의 역전이 도래하여 끓어오르는 슬픔이 진정될 수 있다면 나는 관대한 마음으로 선하시고 현명하신 흐로드가르 왕에게 그가 어떻게 그 악마를 물리칠 수 있는가에 대해 조언할 수 있을 것 같소. 그렇지 않으

면 저 높은 곳에 그 더할 나위 없이 훌륭한 궁전이 서 있는 한 말할 수 없는 고통과 역경의 순간을 영원히 갖게 될 것이오."

그러자 그 대담한 해안 경비대장은 말을 탄 채 말을 건넸노라.

"판단력이 뛰어난 영특한 용사는 말과 행동의 차이를 분별할 줄 아는 법이오. 듣자 하니 여러분이 우리 덴마크 군주에게 무척 우호적인 것 같으니 무기와 전의(戰依)를 가지고 전진해 가시오. 내가 길을 안내해드리리다. 나는 또한 나의 젊은 신하들로 하여금 우리 해안에 정박해 있는 당신들의 새로 300 타르 칠한 배를 적으로부터 충실히 지키도록 명하겠소. 용맹스러운 자들은 전쟁의 격돌에서도 무사히 살아남는 법이오."

이윽고 그들은 전진해 나갔으며 그들이 타고 온 안이 넓은 그 배는 닻에 굳게 매인 채 정박해 있었노라. 금으로 장식되고 담금질된 수퇘지 형상은 면갑 위에서 찬란히 빛을 발하였으며 그 맹렬한 기상으로 용맹한 전사들을 지키고 있었노라.

용사들은 서둘러 행진해 갔으며 황금으로 장식되어 휘황찬란하게 빛을 발하는 그 목조 궁궐이 시야에 들어올 때까지 다 함께 진군해 갔노라. 그 궁전은 지상의 거주자들에게 있어 이 세상에서 가장 장대하고 화려했으며 그 안에는 통치자가 거하고 계셨고 그곳에서 발산되는 눈부신 빛은 많은 영토를 비추고 있었노라. 용맹스러운 해안 경비대장은 대담한 용사들이 거하는 그 빛나는 궁전을 가리키며 그들이 그곳에 곧

바로 갈 수 있으리라고 했노라.

한 용사인 그는 말머리를 돌리며 말했노라.

“돌아갈 시간이 되었소. 전능하신 하나님께서 자비로우심으로 그대들의 모험을 잘 돌보아주시기를 바라오. 나는 해안으로 돌아가 적군을 감시해야겠소.”

V

320 돌로 포장된 길은 용사들을 모두 함께 인도하여 궁궐로 안내했노라. 그들이 섬뜩한 갑옷을 걸치고 궁궐에 처음 당도했을 때 그들의 갑옷은 반짝였고 손으로 견고히 엮어 만든 갑옷의 쇠고리들은 빛을 발하며 서로 부딪칠 때마다 소리를 내었노라.

항해에 지친 그들이 견고한 돌기로 장식된 테가 넓은 방패를 궁궐의 벽에 세워놓고 의자에 앉자 그들이 걸친 흉부갑옷에서 소리가 울려퍼졌노라. 바다 용사들의 무기인 끝이 회색날로 처리된 물푸레나무 창들은 가지런히 함께 세워져 있었고, 쇠사슬 갑옷으로 무장한 그들은 그 무사적 가치가 더욱 돋보였노라.

이윽고 긍지에 가득 찬 한 용사가 이들의 종족에 관해서 물었노라.

"그대들은 이러한 금속판을 씌운 방패, 회색빛 쇠사슬 흉부갑옷, 면갑이 달린 투구, 그리고 저 수많은 창들을 어디서 가지고 왔소? 나는 흐로드가르의 포고관(布告官)이며 궁중 내신이오. 나는 여태껏 이같이 대담한 외양을 갖춘 많은 외지인들을 본 적이 없소. 나는 당신들이 결코 망명자로서가 아니고 드높은 용사적 기개와 담대한 마음으로부터 우리 흐로드가르 왕을 찾아왔다고 생각하오." 340

그러자 용맹스럽고 긍지에 찬 예이츠의 장수(베오울프)는 투구 밑으로 결의를 내비치며 그에게 답했노라.

"우리들은 히옐락 왕과 식탁을 함께하는 신하들이오. 나의 이름은 베오울프오. 나는 헤알프데인의 아들이시며 그대들의 군주이신 저 유명한 왕께서 우리들로 하여금 그를 알현할 수 있도록 허락해주신다면 나의 용건을 그에게 알려드리겠소."

기백과 지혜와 전투 기량이 수많은 이들에게 알려진 웬델인의 장수, 울프가르는 정중히 말을 이었노라.

"나는 덴마크인들의 친구이자 군주이시며 보물을 하사하시는 고귀한 군주께 그대가 요청한 대로 그대들의 모험에 관해 여쭈어보겠노라. 그리하여 그 고명하신 왕께서 나에게 흔쾌히 주시리라 생각되는 회답을 신속히 그대에게 알려드리리라."

말을 마치고 난 그는 그 휘하 장수들과 함께 앉아 있는 백

þa gyt hie him asetton [illegible]
denne heah ofer heafod leton ho[lm]
geafon on garsecg him wæs geomor se[fa]
murnende mod men ne cunnon secgan
to soðe sele rædenne hæleð under heofen[um]
hwa þæm hlæste onfeng.

ÐA wæs on burgum beowulf scyldinga [illegible]
leod cyning longe þrage folcum gefræ[ge]
ge fæder ellor hwearf aldor of earde
oþ þæt him eft onwoc heah healfdene heold
þenden lifde gamol ond guð reouw glæde scyl
dingas ðæm feower bearn forð gerimed in
worold wocun weoroda ræswa heoro gar ond
hroðgar ond halga til hyrde ic þæt elan [illegible]
[illegible] heaðo scilfingas heals gebedda þa wæs hroð
gare here sped gyfen wiges weorð myn[d]
þæt him his wine magas georne hyrdon [illegible]
þæt seo geogoð geweox mago driht micel
him on mod bearn þæt heal reced hatan [illegible]

대영 박물관에 소장된 「베오울프」 원고

발의 고령이신 흐로드가르 왕 앞에 설 때까지 당당히 걸어갔노라. 그는 언행에 있어 궁중 무인들의 법도를 잘 알고 있었
360 노라.

울프가르는 정중히 왕에게 말했노라.

"에이츠의 용사들이 넓은 대양을 건너 이곳에 왔습니다. 용사들은 그들의 장수를 베오울프라고 부릅니다. 나의 주군이시여, 그들은 전하와 대화를 나누기를 원합니다. 관대하신 왕이시여, 그들에게 회답해주시기를 거절치 마옵소서. 그들이 갖춘 무기 및 전투 갑옷으로 판단컨대 그들은 뭇사람들의 존중을 충분히 받을 만한 무사다운 자질이 엿보이는 자들입니다. 그들을 이곳으로 이끌고 온 그 장수는 참으로 무용이 뛰어난 자입니다."

VI

371 덴마크 백성들의 수호자인 흐로드가르는 말했노라.

"나는 그의 어린 시절부터 그를 알고 있노라. 그의 부친은 에즈데오우라고 불리는데 에이츠 왕 흐레델은 에즈데오우에게 자신의 외동딸을 아내로 주었노라. 지금 그의 용맹스러운 아들이 절친한 동료를 만나러 이곳에 와 있구려. 또한 우리 덴마크인들이 경의의 표시로 에이츠인들에게 보내는 귀한

선물을 나르는 뱃사람들의 말에 의하면 싸움에 용맹스러운
380 베오울프는 서른 명의 용사에 맞먹는 악력(握力)을 지녔다
고 하오: 이는 내가 바라던 바대로 거룩하신 하나님께서 자
비를 베푸사 그를 그렌델의 공포에 맞서 싸우도록 하기 위해
서쪽 덴마크인들에게 보내신 것이오. 나는 그의 대담한 용기
를 높이 받들어 보물을 하사하겠노라. 그러니 그대는 서둘러
가서 그들 모두가 함께 들어와 나의 절친한 신하들을 만나도
록 명하시오. 아울러 덴마크인들은 그들을 환영하노라고 전
하시오."

그러자 울프가르는 연회장의 입구로 가서 궁궐 밖에 있는
그들에게 말을 전했노라.

"동쪽 덴마크 땅도 관할하시며 당신의 고귀한 출생을 아시
는 승리의 주군이신 나의 왕으로부터 대양의 파도를 헤치고
이곳까지 건너온 용맹스러운 당신들을 환영한다는 말을 전
하라는 분부가 계셨소. 이제 그대들은 투구와 갑옷을 걸친
채 흐로드가르 왕을 만나러 들어오시오. 그러나 방패와 나무
창은 면담이 끝날 때까지 그곳 밖에 두시오."

그러자 막강한 베오울프가 일어섰고 그를 둘러싼 일군의
400 굳센 용사들도 함께 일어섰노라. 그 대담한 베오울프가 명한
대로 몇몇은 남아서 그들이 가져온 전쟁 장비를 지켰노라.
울프가르의 안내로 그들은 서둘러 함께 헤오로트 궁궐의 지
붕 아래로 들어갔노라. 굳센 기질이 투구 사이로 엿보이는

그 용사는 걸어들어가 홀 안에 섰노라. 베오울프는 격식 있는 말을 건넸고 철 세공인이 정교히 엮어 만든 쇠사슬 흉부 갑옷은 그의 몸에서 반짝거렸노라.

"흐로드가르 왕이시여 만강하소서! 저는 히엘락 왕의 친척이며 그의 신하이옵니다. 저는 젊은 시절에 많은 영예로운 업적을 이루었습니다. 그렌델의 만행이 본국에 있는 저에게도 잘 알려졌습니다. 뱃사람들의 말에 의하면 저녁 해가 하늘의 잔광(殘光)에 모습을 감출 때 이 최상의 궁은 텅 비게 되어 용사들에게 아무 쓸모도 없게 된다 합니다. 그러자, 흐로드가르 왕이시여, 우리 백성 중에서 지혜에 가장 뛰어난 자들이 저의 힘의 위력을 알고 있었기에 저더러 당신을 찾아뵈라고 권하였습니다. 그들은 제가 적과의 전투에서 피투성이가 되어 돌아온 것을 목격했었습니다. 그 격투에서 저는 다섯 명의 거인을 사로잡았고 한 거인족을 몰살시켰으며 또한 밤의 바다에서 괴물들을 살해했습니다. 저는 극심한 고통을 당했지만 예이츠 백성들이 당한 재앙을 앙갚음했습니다. 그 괴물들은 재앙을 자초했었지요. 그 흉포한 적들을 완전히 섬멸해버렸습니다. 이제 저는 그 괴물 그렌델을 홀로 대항해서 사생결단을 내겠습니다. 영광스러운 덴마크인들의 군주시며 백성의 수호자시고 용사들의 보호자 되신 왕이시여, 한 가지 청을 드리옵니다. 이렇게 저희들이 먼 곳으로부터 와서 저 홀로 저의 고귀한 용사들과 함께 헤오로트를 정화코자 하

420

니 저의 이 요구를 거절치 마옵소서. 또한 듣자 하오니 그 괴물은 자신의 무모한 생각에 무기 사용 따위는 고려치 않는다 하니 그런고로 저 역시 검이나 테두리가 넓은 황색 방패를 격전장으로 가지고 가는 것을 원치 않습니다. 저의 군주이신 히엘락께서도 저의 이러한 결단에 만족하시리라 봅니다. 대신 저는 손의 쥐는 힘만으로 그 괴물 적에 대항하여 적개심
440 은 적개심으로 맞서 사투를 단행하겠습니다. 죽음을 맞게 되는 자는 주님의 심판을 따라야만 합니다. 제가 생각건대 그 악마는 마음만 먹는다면 이전에 자주 그 고귀한 용사들에게 했던 것처럼 전투가 벌어졌던 그 홀에서 아무 두려움 없이 예이츠인들을 잔인하게 먹어치울 것입니다. 제가 죽으면 전하께서는 저의 머리를 덮을 필요가 없으니, 이는 죽음이 나를 엄습하면 그 고독한 배회자가 나를 취해서 피투성이가 된 송장을 먹어삼키기 위해 그 시체를 끌고 가 무자비하게 먹어치움으로써 그 황무지 소굴을 피범벅으로 만들어버릴 것이기 때문입니다. 그러하오니 제 시체의 처리에 관해서 더 이상 심려를 기울일 필요가 없을 것 같습니다. 만일 제가 패한다면 제 가슴을 보호하는 이 비길 데 없는 갑옷, 웨란드가 손수 만든 흐레델 왕의 유물인 최상의 쇠사슬 흉부갑옷을 히엘락 왕에게 돌려보내주십시오. 운명은 그의 길을 가야만 하는 것이오."

VII

456 덴마크인들의 수호자이신 흐로드가르 왕은 격식에 따라 말문을 열었노라.

"나의 친구, 베오울프여, 그대는 우리들을 돕기 위한 싸움을 위해 우리를 찾아왔소. 그대의 부친은 커다란 불화를 자
460 초했었소. 그는 윌핑그족인 헤아돌라프를 손으로 살해했으므로 예이츠인들은 그것으로 인한 양국간의 전쟁을 두려워하여 그에게 은신처를 제공할 수 없었소. 그런 연유로 그는 그곳에서 넘실거리는 파도를 건너 영예로운 남쪽 덴마크인들에게 왔었소. 그때 나는 덴마크 백성을 처음 다스릴 때였으며 또한 젊어서 이 광대한 왕국, 용사들의 보물 성채를 통치하였소. 그때 나의 형이신 헤알프데인의 아들 헤오르가르는 살아 있지 않았었소. 그는 나보다 뛰어난 분이었소. 그 후 나는 파도를 넘어 윌핑그인들에게 옛 보물을 보냄으로써 그대 부친이 갚아야 할 몸값을 지불하고 두 종족간의 불화를 수습했소. 그리하여 그대 부친 에즈데오우는 나에게 맹세를 했소. 그렌델이 그의 악의에 찬 생각에서 갑작스런 살육으로 헤오르트 궁에서 나에게 끼친 굴욕을 어느 누구에게 말한다는 것은 매우 가슴 아픈 일이오. 궁궐에 거하던 용사, 나의 무사의 수는 줄어들게 되었고 운명이 그들을 그렌델이 몰고

온 공포 속으로 휩쓸고 갔소. 하나님께서는 이 미쳐 날뛰는 학살자의 소행을 쉽사리 멈추게 하실 수 있을 거요. 자주 나
480 의 용사들은 술을 마시며 술잔에 맹세코 살기 도는 검을 들고 그 향연장에서 그렌델과의 일전을 기다리겠노라고 했소. 동이 터 아침이 되면 그 웅대한 홀, 향연장은 피범벅이 되어 있었으며 의자들도 피로 물들어 있었소. 그야말로 향연장은 격투로 인한 피로 뒤덮여 있었소. 이렇듯 죽음이 그들의 목숨을 앗아갔으므로 나의 동료, 소중한 신하들의 수는 줄어들었던 것이오. 자, 이제 그대는 향연장에 앉아 그대의 생각이나 승리의 전투담을 그대 마음이 내키는 대로 용사들에게 들려주시오."

이윽고 그 주연장에는 예이츠 용사들이 모두 함께 자리할 수 있는 긴 의자가 마련되었고 자신들의 무용에 대담한 자부심을 가진 강인한 용사들은 그곳에 앉았노라. 술 시중하는 시종관이 아름답게 장식된 술병을 손에 들고 반짝이는 술을 따랐노라. 시인은 이따금 향연장에서 그의 청아한 목소리로 노래를 읊었노라. 영웅들의 즐거움이 넘쳐흘렀고 적지 않은 덴마크와 예이츠 용사들이 그 안에 있었노라.

VIII

499 덴마크 왕의 발 밑에 앉아 있던 에즈라프 아들인 운페르드는 비밀스런 분쟁의 말을 퍼뜨렸노라. 그에게는 그 대담한 항해자인 베오울프의 원정이 커다란 유감이었으니, 이는 지상의 그 어떤 용사도 자신보다 더 위대한 업적을 성취하는 것을 원치 않았기 때문이었노라.

"그대가 넓은 대양에서 브레카와 수영 시합을 벌였던 베오울프인가? 그대들은 자부심에 넘쳐 바다에 도전했고 과도한 허세로써 깊은 바다 속에 그대들의 목숨을 내걸었었지. 그대들 둘이 바다 수영을 감행했을 때 친구나 적 그 누구도 슬픔을 초래하는 그 모험을 말릴 수 없었지. 그대들은 바닷물결을 감싸안고 항로를 헤쳐나갔지. 바닷물결을 양팔로 거슬러 올라가면서 파도 위를 미끄러지듯 나아갔지. 대양에는 파도가 일었고 겨울 바다는 세차게 파동쳤지. 자네들은 칠 일 밤이나 세찬 물결 속에서 분투했지. 기력이 더 센 브레카는 그 수영에서 자네를 앞질렀지. 그리고 아침이 되자 그는 바닷물
520 결에 의해 헤아드램의 해안으로 밀려왔지, 브론딩인들의 땅인 그 소중한 고국에 도착한 그는 아름다운 성채에 다다라 그곳에서 백성과 궁궐 및 보물들을 소유하게 되었지. 베안스탄의 아들 브레카는 자네와의 맹세를 충실히 이행했네. 그러

므로 어느 전쟁에서나 그 무서운 격랑을 헤쳐낸 자네라고 할지라도 감히 자네가 가까이에서 그렌델을 밤새도록 기다린다면 나는 그대가 최악의 결과를 얻게 되리라고 예견하네."

에즈데오우의 아들 베오울프는 말했노라.

"그렇지, 나의 친구 운페르드여, 그대는 술기운에 취해 브레카와 그의 모험에 대해서 제법 많은 말을 늘어놓았네그려. 그런데 사실을 말할 것 같으면 나는 바다 수영에 있어 누구에게도 지지 않으며 나보다 더 심한 바다의 고통을 겪은 이는 없다고 단호히 말할 수 있네. 그렇지 우리는 그때 어렸을 때 바다에 목숨을 내걸고 모험을 해보자고 결의했었지. 여전히 젊은 시절이었지만 우리는 그 결의대로 행동에 옮겼었지. 우리는 고래의 습격을 방어할 생각에 칼집에서 빼낸 그 견고한 칼을 쥐고서 바다를 헤쳐갔지. 그는 바닷물결을 헤치고 결코 나보다 더 멀리 또한 더 빨리 헤엄쳐 나갈 능력이 없었네. 나 또한 그를 제치고 앞서 수영해 나갈 마음이 없었네. 그리하여 우리는 닷새 밤을 함께 바다에서 지냈으며 마침내 넘실대는 파도가 우리들을 떼어놓았고 살을 에는 추위와 어두운 밤의 북풍이 잔혹하게 우리를 엄습했다네. 파도는 사납기 그지없었지. 바다 짐승들의 화가 솟구쳤고 손으로 견고히 엮어진 나의 쇠사슬 흉부갑옷은 이런 적들로부터 나를 방어해주었지. 손으로 엮은 금으로 장식된 이 흉갑은 나의 가슴을 덮고 있었지. 어떤 무시무시한 살인 괴물이 나를 꽉 붙들

540

고서 바다 밑바닥으로 끌어들였지. 하지만 칼끝으로 그 괴물을 찌를 수 있는 운이 내게 주어졌었네. 전투의 격돌 속에 거대한 바닷괴물은 내 손에 의해 파멸되었네.

IX

559 이와 같이 가증스러운 그 박해자들은 빈번히 나에게 심한 습격을 가해왔고 나는 나의 보검으로 그들을 잘 처리해주었지. 이 사악한 악행자들은 성찬(盛饌)의 즐거움을 만끽할 수 없었지. 바다 밑바닥에 마련된 향연장에 둘러앉아 나를 먹어치우는 연회 말일세. 아침이 되면 그들은 칼날에 의해 상처를 입고 바닷가 모래사장 위에 누워 있었지. 칼날이 그들을 영원히 잠재워버렸다네. 그리하여 그 후로는 두 번 다시 깊은바다를 항해하는 자들의 진로를 방해하지 못했다네. 하나님의 빛나는 상징인 빛이 동쪽에서 비쳐왔고 바닷물결은 잠잠해졌지. 그리하여 나는 바람막이 절벽인 갑(岬)을 볼 수 있었지. 때때로 운명은 운이 다하지 않은 자가 그 자신의 용맹함을 드러내보일 때 그에게 관대하노라. 실로 나는 칼로써 아홉 바닷괴물을 죽일 수 있는 운이 있었네. 천궁(天宮) 아래 이보다 더한 밤의 격전을 들어본 적이 없으며 바닷물결 속에
580 서 이보다 더 비참한 고난을 당한 자가 있다는 말을 들어본

적이 없네. 나는 그 모험으로 지쳐 있었지만 적들의 손아귀
에서 살아남을 수 있었다네. 그리고 나는 넘실대는 바닷물결
에 의해 휜스 땅에 상륙했지. 그대가 이러한 칼의 공포가 불
러온 악의로운 치명적 전투에 참여한 적이 있다는 말을 결코
들어본 적이 없네. 브레카나 자네 둘 중 누구도 빛나는 검을
들고 전투에서 이같이 대담한 행적을 이루지 못했네. 나의
성취에 대해 더 이상 자랑하지 않겠네. 하지만 자네는 그대
의 형제들을 죽음으로 몰아넣었네. 그대의 가장 가까운 친척
들 말일세. 그대가 지략에 뛰어난다 한들 그 일 때문에 그대
는 지옥의 고통에서 벗어날 수 없을 걸세. 에즈라프의 아들
이여, 그대에게 사실을 말하건대 그대가 떠벌리는 것처럼 그
대가 용맹스럽고 몸과 마음이 전투에 대한 열정으로 사로잡
혔다면 저 무시무시한 괴물 그렌델이 헤오로트 궁궐에서 그
대의 군주에게 그렇게 많은 잔혹한 해를 끼치지 못했을 걸
세. 오히려 그는 전쟁에서의 승리로 유명한 당신네 덴마크인
600 들로부터 소름끼치는 검의 습격을 두려워할 필요가 없다는
것을 알았다네. 그는 마음내키는 대로 약탈했으며 덴마크인
누구에게도 자비 따위는 보이지 않았고 대신에 그는 쾌락 속
에 살해하고 파괴했으며 창술에 능한 덴마크인들로부터 어
떠한 항쟁도 기대치 않았었네. 그렇지만 나는 곧바로 예이츠
인들의 힘과 용맹함을 싸움을 통해 그 괴물에게 보여주겠네.
그리하여 다음날 아침의 빛, 하늘의 광휘로 치장한 태양이

남쪽으로부터 사람의 아들들에게 비출 때 원하는 자는 누구든지 향연장의 술좌석으로 들어갈 수 있을 걸세."

그러자 보물의 하사자시며 전투에 용맹한 백발의 왕은 흡족해하셨노라. 영예로운 덴마크의 왕은 베오울프의 도움을 신뢰했으며 그 백성의 수호자께서는 그의 결의를 경청하셨노라. 그곳에는 용사들의 웃음 소리가 있었으며 유쾌한 소리와 쾌활한 말소리가 울려퍼졌노라. 궁중의 환대를 염두에 둔 흐로드가르의 왕비, 금붙이로 치장한 웨알데오우는 앞으로 나아가 향연장의 용사들과 인사를 나누었노라. 그리고 그 고

620 귀한 부인은 동쪽 덴마크의 보호자이며 만백성이 경애하는 왕에게 먼저 술잔을 올리면서 유쾌하게 주연석의 술을 즐기라고 권했노라. 그 승리의 왕은 즐거운 마음으로 성찬에 참석하고 주연장의 술잔도 받으셨노라. 그리고 헬밍족의 여인인 웨알데오우는 주연장의 이곳 저곳을 돌아다니며 노련한 용사든 젊은 용사든 할 것 없이 모두에게 황금 술잔을 올렸노라. 그리고 때가 되자 지혜와 덕성이 출중한 금고리로 치장한 그녀는 마침내 베오울프에게 술잔을 가지고 갔노라. 그녀는 예이츠의 장수에게 인사를 올렸고 그녀의 바람대로 악행으로부터 그들을 구출해줄 신뢰할 수 있는 용사가 있다는 사실에 지혜로운 말로써 하나님께 감사하였노라. 전투에 용맹스러운 그는 웨알데오우로부터 술잔을 받고 전투의 열정을 말했노라. 에즈데오우의 아들 베오울프는 영웅의 결의를

토해냈노라.

"제가 우리 용사들과 함께 바다로 나아가 배 안에서 결심했던 것은 제가 당신네들의 염원을 기필코 이루어드리겠다는 것이었습니다. 그렇지 못하면 적에게 사로잡혀 죽음을 당하겠다는 결의였습니다. 저는 용맹스러운 업적을 성취하겠

640 습니다. 그렇지 않으면 이 향연장에서 저의 최후를 맞이하겠습니다."

여왕은 그 예이츠인의 영웅적 언사에 매우 만족해했으며 금으로 장식된 이 고귀한 백성의 왕비는 그녀의 왕 옆으로 가서 앉았노라. 그리고 얼마 지나지 않아 헤알프데인의 아들 호로드가르 왕이 밤의 휴식을 취하고자 했을 때까지 그 홀 안에서는 이전과 같은 호언장담이 들려왔고 사람들은 기쁨에 넘쳤으며 전쟁의 승리로 유명한 백성들의 떠들썩한 소리가 들려왔노라. 그는 그 괴물이 태양빛을 볼 수 있을 때부터 밤이 만물을 어둠으로 감쌀 때까지 높이 솟은 그 홀을 공격할 태세를 갖추고 있음을 알고 있었노라. 그림자에 감싸인 어두운 형상들이 하늘 아래 까맣게 활주해오리라는 것을 알고 있었노라. 모든 용사들은 일어섰고 두 영웅은 서로 작별인사를 나누었노라. 호로드가르는 베오울프의 행운을 빌며 그에게 주연장을 맡기면서 말을 이었노라.

"내가 손이나 방패를 들어올릴 수 있을 때부터 여태까지

660 이 거대한 영광의 홀을 지금 그대 외에는 그 누구에게도 맡

겨본 적이 없소. 이제 가장 고귀한 이 궁궐을 잘 맡아 지켜주오. 그대의 명성을 잊지 말고 대단한 용기를 발휘하여 그 적으로부터 잘 지켜주게. 만일 그대가 이 대담한 모험에서 살아 돌아온다면 그대는 아무것도 부족함이 없을 걸세."

X

665 덴마크 백성의 수호자이신 흐로드가르 왕은 자신의 무사집단과 함께 그 홀을 떠났노라. 그 전쟁의 통솔자는 동침자인 왕비 웨알데오우에게 가기를 원했노라. 사람들이 들은 바에 의하면 영광의 왕 하나님께서는 그렌델에 대항하기 위한 향연장의 호위자를 두셨으니, 이는 덴마크 왕을 위한 괴물감시라는 특별한 임무를 수행하는 자였노라. 진실로 예이츠의 장수는 자신의 대단한 힘과 하나님의 은총을 굳게 믿고 있었노라. 그런즉 그는 쇠사슬 흉부갑옷과 투구를 벗고 훌륭히 장식된 최상의 검을 자신의 시종관에게 건네주며 그 전구(戰具)들을 간수하라고 당부했노라. 그리고 잠자리에 들기 전에 그 훌륭한 예이츠인 베오울프는 호언장담했노라.

"나는 전투력에 있어서나 전투 행위에 있어서 그렌델보다
680 약하다고는 생각지 않노라. 그런즉 확실히 할 수는 있지만 칼로써 그의 생명을 앗아가고 싶지는 않노라. 비록 그는 그

의 악행으로 이름 높지만 무기를 다루는 데는 재주가 없어서 나를 내리친다거나 방패를 부수지 못하리라. 그래서 오늘밤 만일 그가 감히 무기 없이 싸우려 든다면 우리 둘은 칼을 사용치 않을 것이며 그러면 신성하시고 지혜로우신 하나님께서는 그 의중에 합당하다고 생각되는 편에 승리의 영광을 부여하실 것이니라."

싸움에 용맹스런 그는 몸을 구부리고 베개에 얼굴을 기대었노라. 그리고 많은 강인한 바다 용사들이 그를 에워싼 채 홀 안의 잠자리에 들었노라. 이들은 자신들이 자라왔던 사랑스런 고국, 고귀한 성채와 백성에게로 다시 돌아가리라고는 그 누구도 생각지 않았노라. 이유인즉 그 향연장에서 수많은 덴마크 사람들이 이미 잔인한 죽음을 당했다는 것을 들었기 때문이었노라. 그러나 주님께서 전쟁의 행운과 함께 위로와 도움을 예이츠인들에게 주셨으니 그들은 한 용사의 힘으로 그들의 적을 물리칠 수 있었노라. 전능하신 하나님께서 인류를 영원히 다스리신다는 사실이 명백해졌느니라. 700

그리고 칠흑 같은 밤을 뚫고 어둠 속을 거니는 보행자가 성큼 다가왔노라. 박공이 있는 궁궐을 지켜야 할 전사들은 한 사람을 제외하고 모두 잠들어 있었노라. 만군의 통치자께서 원치 않으신다면 그 악랄한 행악자 그들을 어둠 속으로 끌고 갈 수 없다는 것은 모두에게 너무나 잘 알려진 사실이었노라. 하지만 베오울프는 격분하여 적을 지키고 있었으며 끓어오르는 분노 속에 전투의 결과를 기다리고 있었노라.

XI

710 이윽고 신의 분노를 간직한 그렌델이 안개 낀 구름 아래의 황야로부터 왔으며 그 사악한 파괴자는 그 높은 홀에서 한 사람을 사로잡으려고 마음먹었노라. 구름 밑을 걸어서 그 주연장, 황금으로 장식되어 금빛으로 빛나는 그 홀이 뚜렷하게 보일 때까지 전진해왔노라. 그가 흐로드가르의 궁궐을 찾는 것은 이번이 처음이 아니었노라. 그의 생애의 전후(前後)에 홀 안에서 그러한 용사들을 발견한다는 것은 그의 일생에 있

720 어 최대의 불행이었노라. 그 짐승은 기쁨을 빼앗긴 채 궁궐로 걸어갔노라. 괴물이 손을 대자 불에 단조된 문고리로 굳게 잠긴 문은 즉시 열렸노라. 사악한 파멸을 기도한 그는 격분 속에 궁궐의 현문(玄門)을 열어제쳤노라. 곧바로 그 괴물은 반짝거리는 홀의 마룻바닥에 발을 들여놓고 분노에 찬 모습으로 전진해갔으며 그의 두 눈에는 무서운 불빛이 번뜩였노라. 그는 홀 안에서 모두 함께 잠들어 있는 많은 용사, 한 혈족의 무리를 목격했노라. 그 무시무시한 괴물은 날이 새기 전에 모든 사람들의 생명을 육체로부터 떼어놓으려는 생각에 가슴속에서 폭소가 터져나왔노라. 이제 기회는 도래했노

라. 그러나 그날 밤이 지나면 더 이상 사람을 잡아먹을 수 없다는 것이 그의 운명이었노라. 강대한 히옐락의 친족 베오울
740 프는 그 사악한 파괴자가 어떻게 급습해오는가를 지켜보고 있었노라. 그 괴물은 지체하지 않고 초반에 자고 있는 한 용사를 순식간에 낚아채어 무자비하게 찢고 뼈를 지탱하는 근육을 물어뜯어 혈관에서 흐르는 피를 마시며 살덩이를 차례로 삼켜버렸노라. 그리하여 마침내 그 죽은 자의 몸을 손발할 것 없이 다 삼켜버렸노라. 그리고 그 괴물은 앞으로 더 접근하여 침대에 누워 있는 그 대담한 용사를 사로잡으려고 손을 벌려 내뻗었노라. 그 순간 베오울프는 적개심에 싸여 즉각 그 괴물을 붙잡아 자신의 팔에 기대면서 몸을 일으켜세웠노라.

그러자 이 사악한 행위의 주체자는 이 지상 어느 곳에서도 이보다 더 강한 손의 힘을 지닌 자를 만나보지 못했다는 것을 즉시 깨달았노라. 극도의 공포가 그의 마음을 엄습했지만 그렇다고 당장 도망칠 수는 없었노라. 그는 빠져나가고 싶은 마음으로 간절했고 어둠 속으로 달아나 악마들의 무리를 찾
760 고 싶었노라. 그가 그곳에서 체험했던 것은 그의 일생을 통해 일찍이 겪어보지 못한 것이었노라.

히옐락의 친족인 그 용감한 용사는 전날 밤의 연설을 상기하고 곧바로 일어나 그 괴물을 단단히 붙들었노라. 괴물은 손가락이 부러졌고 그가 바깥쪽으로 피신하려고 애쓰자 그

용사는 앞으로 나아갔노라. 그 악명 높은 괴물은 그곳을 빠져나가 갈 수 있는 곳이면 어디든지 먼 곳으로 피신하여 늪지의 소굴을 찾아 도망치고자 마음먹었노라. 그는 그 무서운 적이 자신의 손가락의 힘을 통제하고 있음을 알았노라. 그 흉포한 약탈자가 헤오로트에 온 것은 실로 비참한 여행이었노라.

용사들의 회관은 진동했으며 모든 덴마크인들과 궁궐에 거하는 모든 용맹스러운 용사들은 무시무시한 공포에 사로잡혔노라. 홀 안의 난폭한 두 점령자는 몹시 격분했고 건물은 크게 진동했노라. 그 주연장이 두 투쟁자들의 격렬한 싸움의 충격을 견뎌내었다는 것은 참으로 기이한 일이었노라. 안팎 할 것 없이 쬠쇠로 단단히 이어졌고 능숙하게 지어진 그 고귀한 궁궐은 땅에 주저앉지 않았노라.

780 내가 들은 바로는 그 격분한 적수들이 싸울 때 금으로 장식된 많은 주연석의 의자들이 마룻바닥에서 비틀려 튀어올랐다고 하노라. 사람들은 평이한 방법으로나 그 어떤 교묘한 방법으로도 뿔로 장식된 그 휘황찬란한 궁궐을 파괴할 수 없다고 생각했었노라. 계속해서 벽으로부터 새어 나오는 한 새로운 소리가 있었으니, 이는 신의 적대자인 지옥의 포로가 상처의 고통 속에 발하는 신음 소리였으며, 패배의 노래를 듣는 모든 덴마크인들에게 소름끼치는 공포심을 불러일으켰노라. 그 당시에 가장 힘센 자가 그를 꽉 잡고 있었노라.

XII

791 고귀한 용사들의 수호자인 그는 그 죽음의 방문객을 결코 살려 보내려 하지 않았으며, 또한 그의 생명이 어느 누구에게도 이롭지 않다고 생각했노라. 많은 베오울프의 용사들은 그곳에서 옛 보검을 휘두르며 할 수만 있다면 고명하신 군주, 그들 대장의 목숨을 보호하려 했노라.

그 용맹스러운 용사들이 굳은 결의로써 사방에서 그를 공

800 격하여 칼로 쳐 그의 생명을 빼앗으려는 생각에 그렌델과의 싸움에 뛰어들었을 때, 그 누구도 최고의 날인 전장의 검으로써 그 악행자를 해할 수 없다는 것을 알지 못했노라.

그렌델은 모든 승리의 무기들, 모든 칼날들을 마술에 걸어 못쓰게 만들었노라. 세상과의 이별을 고하는 그의 죽음의 날은 비참할 것이며 그의 이교도 영(靈)은 멀리 떠나서 악마들의 지배에 놓이게 되리라.

그리고 이전에 인간들에게 많은 악행을 범하고 심적 고통을 주며 하나님과 맞서왔던 그 괴물은 용감한 히옐락의 혈족이 자기를 손으로 잡고 있어서 몸을 통제할 수 없음을 알았노라. 생명이 있는 한 그 둘 사이에 적대감이 넘쳤노라. 무시무시한 그 괴물은 몸의 통증을 느꼈노라. 그의 어깨에는 커다란 상처가 드러났고 힘줄이 튀어나왔으며 관절 근육이 파

820 열되었노라. 전투의 영광은 베오울프에게 주어졌으며 치명상을 입은 그렌델은 그곳에서 늪지의 비탈 아래로 도주하여 황량한 자신의 거처를 찾아야만 했노라. 그는 자신의 생명의 날이 다하여 종말의 때가 다가왔음을 알았노라. 그 죽음의 격투가 지나자 덴마크인들의 모든 소원은 성취되었노라. 그리하여 앞서 먼 곳에서 왔던 총명하고 대담한 베오울프는 흐로드가르의 궁궐을 정화했고 파멸에서 구해냈노라. 그는 그날 밤 자신이 한 일, 영광스러운 업적에 대해 기뻐했노라.

예이츠인들의 장수는 그가 덴마크인들에게 한 맹세를 이행했으며 또한 그들이 이전에 감당해야 했던 모든 고통과 슬픔, 적지 않은 압박과 괴로움을 달래주었노라. 그 용맹한 용사는 확실한 증거물, 그렌델의 악력(握力)의 총체인 손 · 팔 · 어깨를 홀의 둥근 천장 밑에 걸어두었노라.

XIII

837 내가 듣건대 아침이 되자 많은 용사들이 보물을 하사하는 그 궁궐에 몰려왔으며 원근 도처에서 백성의 군주들이 그 기이한 광경, 가증스러운 적의 발자국을 보기 위해 모여들었다고 하노라.

어떻게 그 패배한 괴물이 싸움에 지고 심신이 지쳐 죽을 운명에 처해 그곳을 도주하여 괴물들의 호수로 가는 길에 핏자국을 남겼는가를 목격한 자들은 그의 죽음을 애석해하지 않았노라.

물은 피로 들끓었고 뜨거운 피로 완전히 혼합된 물결은 무섭게 소용돌이쳤으며 칼에 흘린 것 같은 핏방울로 솟구쳤노라.

그리고 죽을 운명에 처한 그 괴물은 기쁨을 상실한 채 늪지의 은신처에 숨어 자신의 생명과 이교도의 영혼을 거두었으며 지옥이 그를 받아들였노라.

그리고 그곳에서 많은 말 탄 용사, 나이 든 신하들과 젊은 신하들이 기쁨에 젖어 말을 경주하여 호숫가에서 돌아왔노라. 그러면서 베오울프의 영예로운 전승에 대하여 말을 나누

860 었노라. 많은 이들이 거듭 말하길, 남쪽에서나 북쪽에서나, 양 대양 사이에서나, 광활한 지상에서나, 드넓은 하늘 아래 그보다 더 뛰어난 용사나 왕국을 통치하기에 더 훌륭한 자는 없노라고 했노라. 그러나 그들은 그들의 군주인 관대한 흐로드가르 왕을 조금도 격하하지 않았으니 그는 위대한 왕이었음이라.

때때로 그 전승의 용사들은 그들에게 능히 잘 알려진 길을 따라 갈색 말을 몰아 마상 시합을 벌이곤 했노라.

때때로 많은 고대의 노래를 잘 기억하고 있는 음악에 재질이 뛰어난 왕의 한 신하가 말들을 교묘히 엮어 새로운 이야

기를 창안하여 노래로 읊곤 했노라.

이 시인은 베오울프의 위업을 합당한 말들로 조합하여 솜씨 있는 시작(詩作)으로써 기교 있게 노래로 만들어 능숙하게 부르기 시작했노라.

그는 또한 시그문드와 그의 용맹스런 업적에 대하여 들은 것들, 웰스의 아들 시그문드[3]의 전투, 그의 광활한 여행, 그리고 그와 함께 있었던 퓌텔라를 제외하고는 사람들의 후손에게 결코 알려지지 않은 불화나 잔혹스런 싸움에 대해 노래 880 했노라. 삼촌인 시그문드는 조카인 퓌텔라에게 그러한 것들을 이야기했으니 이는 그 둘이 모든 전투에서 서로의 도움을 필요로 하는 동지였음이니라. 그들은 수많은 거인족들을 검으로 잠재웠노라.

사후에 대단한 명성이 전투에 용맹했던 시그문드에게 돌아갔으니 이는 보고(寶庫)의 관리자인 용을 살해했기 때문이었노라.

군주의 아들인 그는 회색 바위 밑에 잠입하여 대담무쌍한 모험을 홀로 감행했으나 퓌텔라는 그를 동행하지 않았었노라.

그러나 그에게 행운이 있어 그의 고귀한 검이 그 경이로운

---

3) 시그문드: 고대 스칸디나비아 전설의 영웅으로 용의 격퇴자로 유명하며 고대 독일 전설의 「니벨룽겐의 노래 Nibelungenlied」의 지그프리트 Siegfrid에 상응함.

용을 꿰뚫고 바위벽에 꽂혔으며 그 용은 치명상을 입고 살해되었노라. 자신의 용맹으로 업적을 이루었으므로 그 영웅은 자기 뜻대로 보물을 차지할 수 있었노라. 웰스의 아들은 반짝이는 보물들을 배에 실었으며 그 용은 뜨거운 열기에 녹아 없어졌노라.

900 용사들의 수호자인 그는 그의 용맹스러운 행위로 많은 나라들 가운데 가장 유명한 영웅이 되었으며 이로 인해 헤레모드[4]의 무용과 힘이 쇠한 후에도 그는 번영했노라. 헤레모드는 주트족들의 간계에 빠져들어 적들의 수중에서 곧 죽음을 당하였노라.

끓어오르는 슬픔이 오랫동안 그를 짓눌렀으며 그는 그의 백성들과 신하들에게 커다란 걱정거리였노라. 또한 옛날에 고난으로부터 그의 도움을 기대했던 많은 현인들은 그 강인한 왕의 추방행을 자주 슬퍼했으며 그들은 군주의 아들인 헤레모드가 번영하여 부군의 왕위를 계승하고 백성을 통치하고 보고(寶庫)와 성채, 그리고 용사들의 왕궁과 덴마크인들의 고국을 지켜줄 것을 바랐었노라.

히옐락의 혈족인 베오울프는 동료들을 비롯한 모든 이들로부터 더욱 사랑을 받았고, 헤레모드는 사악한 마음에 사로

---

4) 헤레모드: 쉴드쉐빙의 선왕으로 추정되는 이 실패한 덴마크 왕은 시그문드, 흐로드가르, 베오울프의 영웅적 행위를 돋보이게 하기 위해 도입되었음.

잡혔었노라.

때때로 그들은 황갈색 모래가 덮인 길을 따라 말을 타고

920 경주했노라. 그리고 아침의 빛이 황급히 비쳐왔노라. 결의에 찬 신하들이 그 기이한 광경을 보기 위해 드높이 솟은 궁으로 향했노라.

보고의 수호자시며 덕망이 높으신 왕 자신도 많은 신하를 거느리고 왕후의 처소를 나왔고 그와 함께 왕후도 일단의 신하들과 함께 향연장으로 향하는 길로 들어섰노라.

XIV

925 그 홀에 당도한 그는 계단에 서서 황금으로 장식된 높이 솟은 지붕과 그렌델의 손을 쳐다보며 말했노라.

"이러한 광경을 허락해주신 전지전능하신 하나님께 즉시 감사를 올릴지어다. 나는 그렌델로부터 불행과 고난을 당해왔느니라. 영광의 수호자이신 하나님께서 언제나 경이로움을 행하시기를 비노라! 이 최상의 궁궐이 칼에 떨어지는 핏방울에 젖어 있는 듯 피로 물들어 있는 동안, 조금 전까지만 해도 나는 내 평생에 이 재앙에서 벗어나리라고는 전혀 생각지 못했노라.

이 재앙은 모든 나의 현인들에게까지 널리 미쳤으므로 그

들은 그들의 적이자 악귀인 그 괴물로부터 백성들의 성채를 보호하리라고는 전혀 기대하지 못했었노라.

940 우리 모두가 이전에 우리의 지략으로 감당할 수 없었던 것을 이제 한 용사가 하나님의 능력에 힘입어 이루었노라.

들을지어다. 어느 여인이건 사람들 중에 이 같은 아들을 낳은 자가 아직 생존해 있다면 그녀는 영원하신 창조주께서 그 아이의 해산시에 지극한 은총을 베푸셨노라고 말할 것이니라.

가장 뛰어난 그대, 베오울프여. 이제 나는 그대를 마음속의 사랑으로 내 아들같이 여기노니 이 새로운 인척 관계를 잘 지켜주기 바라네. 그대가 무엇을 원하든, 내 수중에 있는 것이라면, 그대는 부족함 없이 갖게 되리라.

나는 자주 그대의 업적보다 못한 일에도 보상했으며 무용에서 그대보다 뒤지는 자들에게도 보물을 하사하여 명예를 높였노라. 그대는 그대 스스로의 행위로써 그대의 명예를 영원히 지속시켰구려.

전능하신 하나님께서 지금 하신 것같이 그대를 좋은 것으로 보답해주시기를 바라노라. 에즈데오우의 아들 베오울프는 기개 있는 영웅적 웅변을 토했노라.

"우리는 선의로써 이 용맹스러운 일, 이 격투를 행했으며

960 불가사의한 적의 힘에 맞서 용감히 싸웠습니다.

저는 전하께서 직접 그 악마가 육신의 무장을 완전히 갖춘

채 죽어 있는 것을 볼 수 있기를 간절히 바랐습니다.

나는 강한 손의 힘으로 그를 신속히 붙잡아매어 죽음의 자리에 옭아맬 의향이었습니다. 그리하여 그가 달아나지 않는 한 목숨을 구하기 위한 필사적인 몸부림을 치게 되었을 것이었습니다. 하늘의 통치자께서 원치 않으셨기에 저는 그가 달아나는 것을 막을 수 없었으며 또한 그 가증스러운 원수를 그럴 정도로 단단히 붙들 수 없었습니다. 그 원수는 놀라우리만큼 전력을 다해 달아났습니다. 그러나 그는 목숨을 구하기 위해 자신의 손과 팔 그리고 어깨를 남겨둔 채 떠났지만 그 불행한 짐승은 아무런 위안도 얻지 못했습니다.

그 죄의 고통에 억눌린 악행자는 치명적인 족쇄, 무서운 악력(握力)에 의한 상처의 고통이 그를 단단히 얽어맸기 때문에 더 이상 살 수 없게 되었습니다. 죄로 얼룩진 그 괴물은 영광의 통치자께서 그에게 내리실 대심판을 기다리게 되었습니다."

그리고 귀인들이 한 고귀한 용사가 이룩한 업적인 높은 지붕에 걸려 있는 손과 손가락을 올려다보았을 때 에즈라프의 아들인 운페르드는 무용에 관한 호언장담을 자제하고 침묵을 지키게 되었노라.

980

그 이교도 용사의 손톱은 마치 강철과도 같았으며 그 손톱의 끝은 날카로운 쇠날과 같았노라. 전투에서 그 훌륭함이 입증된 아무리 단단한 검이라 할지라도 피비린내 나는 그 호전적인 괴물의 손을 손상시키지는 못하리라고 모두들 말했노라.

XV

991 그리고 곧 헤오로트 궁궐 내부를 다시 장식하라는 명이 신속히 내려졌노라. 많은 남녀가 그 주연장, 영빈관을 복구했노라. 벽에 걸려 있는 금실로 수놓아진 장식천은 찬란히 빛났으며 이러한 것을 쳐다보는 사람들에게는 놀랄 만한 구경거리들이 많이 있었노라. 내부가 단단히 쥠쇠로 고정된 그 찬란히 빛나는 궁궐은 몹시 파손되었으며 문 돌쩌귀는 갈라져 있었노라. 죄로 얼룩진 그 악마가 목숨이 다했다고 체념
1000 하여 달아났을 때 궁궐의 지붕만이 완전한 상태로 남아 있었노라.

원하는 자는 해보라. 죽음을 피하는 것은 쉬운 일이 아니니라. 그러므로 사람들의 후예, 영혼의 소유자인 인간은 필연에 의해 주어진 곳, 지상의 거주자들을 위해 마련된 곳을 찾아가야만 하나니 그곳에서 그의 육체는 생의 향연을 끝낸 뒤 죽음의 침상에 누워 깊이 잠들게 되느니라.

이윽고, 헤알프데인의 아들(흐로드가르)이 향연장 안으로 들어갈 시간이 되었고, 왕 자신도 연회에 참석키를 원했노

라. 나는 일찍이 그렇게 훌륭한 기풍을 갖춘 많은 무리의 사람들이 보물을 하사하시는 왕 주위에 몰려들었다는 것을 들어보지 못했노라.

그곳에 고귀한 용사들이 자리를 잡았고 연회를 즐기며 정중히 술잔을 나누었노라. 인척이며 강인한 정신력을 소유한 흐로드가르와 흐로둘프[5]는 그 높은 궁궐 안에 있었고, 헤오로트 궁은 많은 친우들로 가득 찼노라. 이때까지만 해도 아직 덴마크인들 사이에 배신 행위는 발생하지 않았노라. 그리고 헤알프데인의 아들 흐로드가르 왕은 베오울프에게 전승에 대한 보답으로 금박으로 장식된 군기(軍旗)와 투구 그리고 흉부갑옷을 하사하였노라. 많은 사람들은 고귀한 보검이 그 용사 앞으로 옮겨지는 것을 지켜봤노라.

1020

향연장에서 술잔을 받은 베오울프는 용사들 앞에서 값진 보물들을 하사받는 것을 부끄럽게 여기지 않았노라. 나는 여태껏 금으로 장식된 네 개의 보물을 술좌석의 다른 이들에게 그렇게 호의적으로 주었다는 사람들이 있다는 말을 들어보지 못했노라.

투구의 꼭대기를 두르고 있는 금속테는 외부로부터 머리를 보호하므로 방패 든 용사가 적을 향해 돌진해갈 때 잘 다듬어진 예리한 검, 전투의 폭풍우 속에서 다져진 그 검도 그

5) 흐로둘프: 흐로드가르 왕의 동생 할가의 아들로서 후에 흐로드가르 왕이 죽자 그의 아들들을 축출하여 왕위 찬탈을 시도했음.

를 무자비하게 해칠 수 없었노라.

그리고 용사들의 수호자인 흐로드가르 왕은 금으로 입혀진 말고삐를 갖춘 여덟 필의 말을 향연장 안으로 끌어들여오라고 명했노라. 그 중 한 말에게는 정교하게 다듬어지고 보석으로 꾸며진 안장이 얹혀 있었노라.

1040 이것은 고귀한 왕, 헤알프데인의 아들인 흐로드가르 왕이 칼들의 경기(전투)에 참여하고자 할 때 차지했던 전투석(戰鬪席)이었노라. 용사들이 살해되어 쓰러졌을 때도 전투에서 싸운 명성 높은 왕의 무용은 꺾이지 않았노라.

그리고 잉그의 친우들의 수호자인 흐로드가르는 말과 무기를 베오울프에게 소유케 하여 그것들을 즐거이 사용하라고 분부했노라. 그리하여 영웅들의 보호자시며 유명한 군주이신 그는 베오울프가 겪은 전쟁의 격돌에 대한 보답으로써 관대한 군주의 예법에 따라 말과 보물을 하사하였노라.

그리고 진실하고 공정하게 말하는 자는 그 누구도 그 선물들에 대해 흠을 잡을 수 없을 것이니라.

XVI

1050 그리고 또한 귀인들의 군주는 주연석에서 베오울프와 함께 바다를 건너온 각 용사들에게 가보인 보물들을 하사했으

며 이전에 그렌델이 잔혹하게 살해했던 자에 대해서는 금으로 보상하라고 명하였노라. 만일 지혜로우신 하나님과 한 용사의 용맹이 그러한 운명을 막아내지 못했더라면 그렌델은 더 많은 자들을 죽였을 것이니라.

창조주께서는 지금도 그러하시듯이 온 인류를 통치하셨느니라. 그러므로 분별력과 선견지명은 어디에서나 최상이니라.

1060 이 같은 고난의 때에 오랫동안 이곳 세상을 즐기며 살려는 자들은 많은 선과 악을 참아내야만 하느니라.

하프데인의 장수(흐로드가르) 앞에서 노래와 악기 소리가 울려퍼졌으며 하프가 연주되었고 때때로 서사시들이 읊어졌노라. 흐로드가르의 시인은 주연석을 돌며 향연장의 흥을 돋우기 위해 퓐의 가신(家臣)들에 관한 이야기를 노래로 읊었노라. 하프데인인의 영웅 흐네프가 프리지안인들과의 치명적인 전투에서 죽게 되었노라.

진실로 힐데부르흐[6]는 주트인들의 신의를 존중할 만한 하등의 이유도 발견할 수 없었노라. 아무 죄도 없이 그녀(힐데부르흐)는 전투에서 사랑하는 아들과 오빠를 잃게 되었노라. 그들은 창에 찔려 상처를 입고 운명이 정한 바에 따라 죽었

---

6) 힐데부르흐: 이전 덴마크 왕 호크의 딸이며 그 당시 덴마크 왕궁의 통치자인 흐네프의 여동생으로서 덴마크와 주트(프리지안)족 사이의 분쟁을 타결키 위해 주트족 왕 퓐에게 시집갔었음.

노라. 그녀는 비극의 여인이었노라.

1080 아침이 되어 호크의 딸이 자신에게 세상에서 가장 큰 기쁨을 주었던 혈육들이 하늘 아래 죽어 있는 것을 목격했을 때 그것은 그녀로 하여금 그 운명의 심판을 한탄케 하는 이유가 되었노라.

전쟁이 몇몇을 제외한 핀의 모든 신하들을 빼앗아갔으므로 그(핀)는 군주의 신하인 헹게스트와 싸워서 어떠한 형태의 결말도 가져올 수 없었으며 또한 비참한 생존자들을 구출할 수도 없었노라.

그리하여 그들은 그들에게 평화 협정을 제의하였으니, 내용인즉, 고귀한 권좌가 있는 홀로 쓸 수 있도록 한쪽 공간을 정리해 그들에게 양도하여 덴마크인들이 주트인들의 용사들과 함께 각기 반을 균등히 소유토록 하는 것이며, 그리고 폴크왈다의 아들 핀이 매일같이 헹게스트[7]의 무리들을 대우하며 그가 향연장에서 프리지안 족속들을 격려할 때 하사했던 금으로 장식된 같은 양의 보물들을 주는 것이었노라.

그리하여 양측간에 확고한 평화 조약이 체결되었노라. 핀은 헹게스트에게 번복할 수 없는 확고한 맹세를 했으니, 이

1100 는 현인들의 판단에 의해서 고난의 생존자들을 잘 예우할 것이며 누구도 말로나 행동으로써 이 조약을 파괴할 수 없는

7) 헹게스트: 호네프 왕이 살해된 후 나중에 핀에게 왕의 복수를 한 덴마크 장수.

것이었노라. 또한 덴마크인들이 어찌할 수 없는 상황에 의해 군주를 잃은 채 보물의 하사자이신 그들의 왕의 살해자들의 뜻에 따르게 됐다는 것을 교묘하게 언급해서는 안 되리라는 것과, 그리고 프리즐랜드인들 중의 누군가가 부추기는 언사로써 살인적인 원한을 상기시킨다면 칼날이 그것을 해결하게 되리라는 것이었노라.

화장을 위한 장작더미가 준비되었고, 보고(寶庫)에서 반짝거리는 황금이 옮겨졌노라. 전투에 능한 덴마크인들 중 최상의 용사인 흐네프는 화장불 위에 놓여졌노라. 장작더미 위에는 피로 얼룩진 흉부갑옷과 순금으로 장식된 쇠같이 단단한 수퇘지 형상, 그리고 부상으로 죽은 많은 용사들이 쉽게 눈에 띄었노라.

위대한 자들이 학살되어 쓰러졌노라. 그리고 힐데부르흐는 장작더미 화염 속으로 그녀의 아들을 옮겨서 뼈의 집(육체)이 타도록 했으며 또한 그를 불 속에 안치하여 그의 삼촌과 어깨를 맞대고 나란히 눕게 하였노라. 그녀는 슬픔에 젖어 비가를 읊었노라. 120

그 용사의 시체가 불 위로 얹혀졌노라. 거대한 화장불이 소용돌이치며 하늘로 치솟았고 무덤 앞에서 굉음을 발했노라. 머리는 녹았고 몸의 상처에서 피가 솟구쳐나오자 그 벌어진 몸의 상처는 터졌노라.

탐욕의 화신인 불길은 그곳에서 전쟁이 앗아간 양측 모든 이들을 송두리째 삼켜버렸으며 그들의 영광은 사라져버렸노라.

XVII

1129 그리고 동료를 잃은 용사들은 그들의 거처를 찾아 떠났고 고향 프리즐랜드의 집과 높은 성채를 보러 갔노라. 하지만 헹게스트는 퓐과 함께 학살로 얼룩진 그 겨울을 극심한 불행 속에서 보냈노라. 비록 이물이 굽어진 배를 몰아 바다로 나갈 수는 없었지만 그는 자신의 고국을 생각했노라. 지금도 여전히 그러하듯이 영광스럽게 밝게 빛나는 날들이 자연에 순응하여 그들의 때를 기다리며 신춘(新春)이 인간들의 거처에 도달할 때까지 바닷물결은 강풍과 다투며 폭풍 속에 파동쳤고 겨울은 차가운 얼음 속에 파도를 가두었노라.

그리고 겨울이 지나가고 대지의 품은 아름다워졌고 그 외지의 이방인은 그 거처를 떠나기를 열망했노라. 그러나 그는 1140 항해보다도 그가 당한 고난에 대한 복수를 생각했으니 그 심중에 자기의 칼로써 주트 용사들을 상기할 수 있는 악의에 찬 접전을 불러일으킬 수 있는가에 대해 생각했노라.

이러한 연유로 헹게스트는 훈라프가 전장의 빛인 그 최상의 검을 자신의 무릎에 놓았을 때 그는 그 절대적인 책무를 거절할 수 없었노라. 그 검은 주트인들에게 잘 알려졌었노라.

구드라프와 오스라프는 그들의 항해 후에 그 잔인한 습격에 대해 애통해하며 그로 인해 그들이 겪었던 재앙을 핀의 탓으로 돌렸으며 마음의 동요를 가슴속에 잠재울 수 없었노라. 그리하여 그 용맹한 핀은 자신의 거처에서 잔혹한 검에 의해 죽음을 맞이하였노라.

그리고 궁궐은 적들의 시체로 붉게 물들었으며 핀 왕은 그의 무사 집단과 함께 살해되었고 그들은 그들의 왕비를 모셔갔노라.

덴마크 용사들은 그 나라 왕의 궁궐에 있는 모든 소유물들과 핀의 거처에서 찾을 수 있는 모든 장신구와 보석을 자기들의 배에 실었노라. 그들은 그 고귀한 여인 힐데부르흐를 바다 건너 덴마크로 데리고 가서 그녀의 백성들에게 인도했노라.

60 그 노래, 시인의 이야기는 끝이 났노라. 유쾌한 소리가 다시 들려왔고 주연석의 흥겨운 소리가 더욱 크게 울렸으며 술을 따르는 자들은 아름다운 술병에서 술을 따랐노라. 그때 황금의 관을 쓴 웨알데오우 왕비는 앞으로 나아와 두 귀족, 삼촌(흐로드가르)과 조카(흐로둘프)가 앉아 있는 곳으로 걸어갔노라. 아직 둘 사이 혈족간의 의리는 여전했으며 서로가 서로를 신뢰하고 있었노라. 또한 흐로드가르 왕의 대변인 격

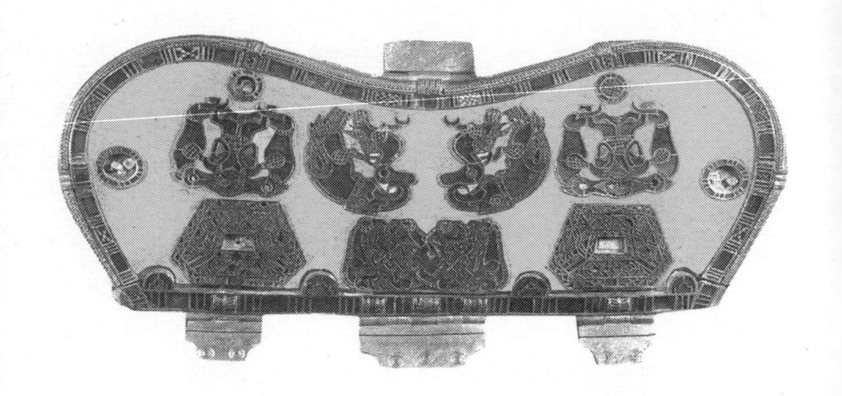

위: 보석으로 장식된 지갑 뚜껑

아래 오른쪽: 갑옷을 연결하는 황금 고리

아래 왼쪽: 칼날을 갈기 위한 도구였지만 실제적으로 왕의 상징인 왕홀의 역할

인 운페르드는 덴마크 왕의 발 아래 자리하고 있었노라. 비록 그가 전투에서 그의 인척들에게 보여준 행위는 명예로운 것이 아니었지만 모두는 그의 대담한 기질과 용맹을 신뢰했노라.

그때 덴마크의 여인 웨알데오우는 말했노라.

"나의 군주, 보물의 하사자인 흐로드가르 왕이시여 이 잔을 받으소서. 용사들의 관대한 친우시여, 기뻐하소서. 그리고 예이츠 용사들에게 친근하고 온화한 말로 대하시길 바랍니다. 그렇게 하심이 마땅히 행해야 할 도리인 줄 아나이다.

당신이 곳곳에서 모은 선물들을 잊지 마시고 예이츠인들을 관대하게 대하소서. 제가 듣기로 전하께서는 용사 베오울프를 아들로 삼고자 하신다고 들었습니다. 보물이 베풀어지는 저 밝게 빛나는 헤오르트 궁은 정화되었습니다. 할 수 있는 한 많은 선물을 베푸는 관대함을 즐기소서. 그리고 당신이 정해진 운명의 때를 맞이하게 될 때 백성과 이 왕국을 당신의 혈연자들에게 남기소서. 만일 덴마크인들의 친우이신 당신께서 관대한 흐로둘프보다 먼저 세상을 떠나신다면 그가 우리의 어린 왕자들을 잘 예우(禮遇)해주리라는 것을 저는 잘 알고 있습니다. 만일 이전에 아직 그가 어렸을 때 그의 기쁨과 명예를 위해 우리가 그에게 베풀었던 모든 호의를 잊지 않는다면 우리의 왕자들을 선의로써 보답하리라 믿습니다."

1180

그리고 그녀는 몸을 돌려 자기의 아들인 흐레드릭과 흐레드문드, 그리고 영웅들의 아들들과 젊은 용사들이 함께 앉아 있는 의자로 갔노라. 그곳에는 예이츠의 용맹스런 베오울프가 그 두 왕자 옆에 앉아 있었노라.

XVIII

1192 술잔이 그에게로 옮겨졌고 다감한 말들이 오고 갔으며 꼬인 모양의 금품들, 두 개의 장식 팔찌, 흉부갑옷과 금고리들, 그리고 내가 들어보지 못한 지상에서 제일 큰 목걸이가 그에게 정중히 수여되었노라.

하마[8]가 귀중한 보석들이 박혀 있는 그 브로징의 목걸이를 자신의 빛나는 성으로 옮겨간 이래, 나는 하늘 아래 영웅들의 보고에서 가져온 이보다 더 훌륭한 보물이 있다는 말을 1200 들어보지 못했노라. 그 후 하마는 에오멘릭의 간교한 적개심을 피하여 진리의 충고를 택했노라.

스웨르팅의 손자인 예이츠족의 히옐락은 그의 마지막 원정 때 이 목걸이를 차고서 자신의 군기 아래 보물을 보호했

8) 하마: 전설적인 게르만 영웅으로서 고딕 Gothic국의 왕 에오멘릭의 목걸이를 훔쳤다고 알려짐. 이 브로징의 목걸이는 원래 여신 프레야 Freya를 위해 만들어졌다고 함.

으며 노획품을 방어했노라. 그가 영웅적 자부심으로 프리지안족들과의 분쟁을 불러일으켜 자신에게 불화를 자초했을 때 운명이 그를 데리고 갔노라.

그 막강한 군주가 귀중한 보석으로 장식된 그 보물을 물결의 잔(바다)을 넘어 가지고 갔노라. 히옐락 왕은 방패 밑에서 전사했노라.

그리고 왕의 시체, 흉부갑옷과 그 목걸이는 프랭크인들의 소유가 되었고 용사의 가치가 덜한 자들이 전쟁의 학살 후에 살해된 자들을 약탈했으며 전쟁터는 예이츠인들의 시체로 뒤덮였노라. 향연장에는 소리가 울려퍼졌노라.

웨알데오우는 그 무리 앞에서 예법에 맞춰 말을 했노라.

"젊은 용사, 친애하는 베오울프여. 행운 속에 이 목걸이와 국가의 보물인 흉부갑옷을 유용히 사용하여 번창하시오. 그리고 무용을 발휘하여 그대의 존재를 알리시오. 그리고 나의 두 어린 왕자들을 친절히 잘 지도해주시오. 그대는 원근 도처의 모든 이들이 해안벽을 감싸고 있는 바람의 안식처인 바다 저 멀리까지 세세토록 널리 퍼질 칭송할 만한 업적을 이룩하였소.

220

영웅이여, 살아 있는 동안 행복하시오. 보물과 함께 번영하기를 바라오. 그대의 관대한 행동으로 내 아들들을 잘 돌보아주시오. 여기에 있는 모든 용사들은 관대한 마음으로 서로를 신뢰하며 군주에게 충성하고 있소. 신하들은 단결되어 있고 군대는 경계 태세를 잘 갖추고 있으며 술을 받아든 고귀한 용사들은 나의 명령을 잘 따르고 있소."

그리고 그 여인은 자기 자리로 돌아갔고 그곳에서는 가장 훌륭한 향연이 베풀어졌으며 사람들은 술을 마셨노라. 그들은 많은 사람들에게 일어났던 그 냉혹한 운명을 모르고 있었노라.

저녁이 되자 흐로드가르 왕은 자신의 거처로 갔노라. 많은 용사들이 이전에 자주 그러했듯이 궁궐 홀을 감시했으며 그들의 술좌석을 치우고 침대와 베개를 깔았노라. 그 술에 취한 용사들 중 운이 다해 죽음의 길을 곧 떠나게 될 한 사람이 홀의 잠자리에 누웠노라. 그들은 그들의 밝게 빛나는 전투용 나무 방패를 머리맡에 두었노라. 각 용사의 머리맡의 진열대에는 전장에서 높이 솟는 투구, 쇠사슬 흉부갑옷 그리고 막강한 창들이 놓여 있었고 그것들은 쉽게 눈에 띄었노라.

1240

궁내에서나 전장터에서나 혹은 둘 중 어느 경우에서나 군주가 그들의 운명을 필요로 하는 경우를 대비해 항시 전투 준비를 갖추고 있는 것이 그들의 관행이었노라. 그들은 훌륭한 용사들이었노라.

XIX

1251 그들은 잠에 빠져들었고 한 용사는 그날 밤의 수면의 대가를 심히 고통스럽게 치러야 했노라. 이러한 일은, 그렌델이 그 황금홀을 장악하여 악행을 저지르고 죄악 후에 맞이하는 죽음을 직면할 때까지 그들에게 자주 일어났던 것과 같은 것이었노라.

전쟁의 슬픔이 지나고 그 가증한 괴물이 죽은 후에도 여전히 한 복수자가 오랫동안 살아 있다는 것이 사람들에게 널리 명백하게 알려졌노라. 그렌델의 어미인 그 여괴물은 자신의 1260 불행을 잊지 않고 있었노라. 가인이 자기 부친의 아들인 유일한 동생을 살해한 이래로 이 여괴물은 공포의 호수, 차가운 물 속에서 살아야만 했노라.

가인은 살인자의 낙인이 찍혀 사람들의 기쁨에서 떠나 황무지에서 살게 되었노라. 그로부터 운명에 의해 점지된 불길한 악귀들이 태어났으니, 그들 중 하나가 이 저주받고 가증스러운 난폭자 그렌델이었노라. 그는 헤오로트 궁에서 자지 않고 전투를 기다리고 있는 한 용사를 발견했노라. 괴물은 그곳에서 그 용사 베오울프를 붙들었으나 그는 하나님께서 부여하신 관대한 선물인 자신의 막강한 힘을 상기했고 전능하신 통치자의 자비와 도움에 의존하였노라. 그리하여 그는 그 도움으로 그 적, 지옥의 악마를 처치하였노라.

그리하여 인류의 적인 그는 기쁨을 잃고 비참하게 되어 자신의 거처를 찾아 떠났노라.

또한 여전히 탐욕스럽고 비애에 젖어 있던 그의 어미는 아들의 죽음에 대한 복수를 하기 위해 슬픈 여행길에 올랐었노라. 그녀는 헤오로트 궁에 도달했고 덴마크인들은 홀 주위에

1280 서 자고 있었노라. 그렌델의 어미가 잠입해 들어오자 용사들의 운은 곧 역전되기 시작했노라.

그 여인의 무서운 전투력이 불러일으키는 격투의 공포는 여성의 힘이란 점을 감안했을 때 남자 용사에 비해 덜 무서운 것이었노라. 장식된 검, 망치로 단조된 피에 젖은 칼날이 맞은편의 투구 위의 멧돼지 형상을 가를 때 발휘되는 힘은 덜 무서운 것이었노라.

그리고 홀에서는 단단한 칼들이 들어올려졌으며 많은 넓은 방패들이 용사들의 손에 굳건히 쥐어졌노라. 공포가 그들을 덮쳤을 때 그들은 투구나 넓은 흉부갑옷 따위는 생각할 겨를이 없었노라.

자신이 발견되자 그녀는 자기 목숨을 보전하기 위해 황급히 그곳을 빠져나오려고 했노라. 그녀는 재빨리 무리 중 한 용사를 단단히 사로잡은 후 자신의 늪으로 향했노라. 그는 양 대양 사이에서 흐로드가르의 가신 중 가장 총애하는 용사였으며 그녀는 잠자리에 들어 있는 그 강인하고 유명한 용사

를 살해했노라.

1300 일전에 그 영광스러운 예이츠인에게 보물이 하사된 후 다른 숙소가 할당되었기에 베오울프는 그곳에 있지 않았노라.

헤오로트 궁에는 아우성 소리가 울렸고 그녀는 그녀에게 익숙한 피로 범벅이 된 그 손을 붙들었노라. 궁중에는 슬픔이 되살아났노라. 양측이 그들 친우들의 생명으로써 지불해야 하는 거래는 바람직한 것이 아니었노라.

그러자 현명하신 왕, 백발의 투사는 자기가 가장 총애하는 고귀한 용사가 생명이 끊어져 죽었다는 사실을 알았을 때 슬픔으로 가득 찼노라.

축복받은 승리의 용사 베오울프는 왕의 처소에 속히 불려갔노라. 동이 트자 그 비길 데 없이 고귀한 투사는 자신의 동료 용사들과 함께 그 애통한 소식을 들은 후 전능하신 하나님께서 자신에게 혹시나 새로운 변화를 가져다주시지 않을까 하고 기대하고 있는 그 현명한 왕에게로 갔노라. 전투의 명예를 지닌 그 용사가 자신의 정예부대와 함께 홀 바닥을 걸어갔을 때 그 나무가 깔린 바닥에서는 소리가 울렸노라. 베오울프는 잉그의 친우들의 현명하신 군주에게 인사말을 드리고 긴급히 자신이 호출되었기에 평온한 밤을 지새웠는가를 여쭈었노라.

XX

1321 덴마크인들의 수호자인 흐로드가르는 말했노라.

"안부 따위는 묻지 마시오. 덴마크인들에게 슬픔이 되돌아 왔소. 에쉬헤레가 전사했소. 그는 이르멘라프의 형이자 나의 심복이며 나의 고문관, 그리고 전장에서 어깨를 같이하는 동료였소. 우리는 군대가 격돌하여 투구의 멧돼지 형상을 깨뜨리는 전투에서 우리의 머리를 함께 보호했었소. 에쉬헤레, 그는 뛰어난 용사였소. 고귀한 용사란 모름지기 그와 같아야 하는 법이오.

그 방랑하는 살인귀는 헤오로트 궁에서 그를 손으로 살해했소. 나는 그 무시무시한 괴물이 시체를 자랑하며 그것을 실컷 먹은 기쁨에 취해 어느 길로 되돌아갔는지 알 수 없소.

너무나 오랫동안 그렌델이 나의 백성들을 죽여 그 수를 감소시키자 그대는 지난밤 그대의 강한 손의 힘으로 그를 무자비하게 죽였소.

그리하여 그녀는 그 잔혹한 행위에 복수했던 것이오. 그는 격투에서 목숨을 잃고 쓰러졌소. 이제 다른 힘센 악행자가 와서 아들의 복수를 하려 했소. 보물을 하사하는 자의 죽음을 애도하는 자들이 참기 힘든 슬픔을 가슴에 안고 생각하듯이 원수를 갚으려는 그녀의 만행은 더욱 심해졌소. 그대들의 모든 뜻을 잘 받들어주었던 그 손은 이제 차갑게 놓여 있소.
1340 이 땅의 거주민들인 나의 백성과 궁중의 현자들이 말하는 바에 의하면 그 거대한 몸집을 한 두 외지의 악령들이 황무지를 점령하면서 경계 지역을 떠도는 것을 목격했다고 하오.

그들이 확실히 분간할 수 있는 바에 의하면, 그들 중 하나는 여자의 모양을 하고 있었으며 남자의 형상을 한 다른 비참한 괴물은 추방자의 길을 걷고 있었다는데, 그는 다른 어떤 사람보다 몸집이 컸고 옛적부터 이 땅의 사람들은 그를 그렌델이라 불렀소.

그들은 그의 아비를 알지 못했으며 또한 불가사의한 악령들 가운데 그들보다 먼저 태어난 자들이 있는지에 대해서도 알지 못했소. 그들은 비밀스러운 곳, 여우들이 머무르는 경사진 곳, 바람이 몰아치는 해안의 갑(岬), 무시무시한 소택지에서 살았으며 그곳에는 산을 타고 흐르는 물줄기가 어두운 절벽 밑으로 떨어져서 땅 밑으로 흐르오.

그 호수는 거리상 이곳으로부터 그리 멀지 않은 곳에 있소. 서리로 덮인 숲이 그 호수 위를 덮고 있고 뿌리로 단단히
360 결속된 나무들은 호수 물을 어둡게 가리고 있소.

밤마다 그곳에서 무시무시한 기이한 광경을 볼 수 있었으니, 수면 위의 불꽃이었소. 살아 있는 인간의 후손 중 그 호수 바닥의 깊이를 알 정도로 현명한 자는 없소.

비록 황야를 떠도는 단단한 뿔을 가진 사슴이 사냥개에 몰

려 멀리서부터 쫓겨오다가 숲속을 찾는다 해도 그 사슴은 목숨을 구하고자 그 호수에 뛰어들기보다는 차라리 호수 기슭에서 그 목숨을 포기하기를 원한다오. 그 호수는 유쾌한 곳이 아니었소. 바람이 무서운 폭풍우를 불러일으키면 그곳으로부터 소용돌이치는 물결이 검은색 물줄기로 되어 구름 위로 치솟아 마침내 하늘은 어두워져 눈물을 흘리게 되오.

한번 더 우리들을 구출할 수 있는 자는 그대밖에 없소.

그대는 아직 그 죄악의 짐승을 찾을 수 있는 무시무시한 장소를 모르고 있소. 할 수 있다면 찾아보시오. 만일 그대가 살아서 돌아온다면 내가 일전에 했던 것처럼 고대의 보물, 꼬여진 황금 장식 등의 값진 재물로써 그 투쟁에 보답해주겠소."

XXI

1383 에즈데오우의 아들 베오울프는 말했노라.

"현명하신 이여, 슬퍼하지 마소서. 친구의 죽음을 심히 슬퍼하는 것보다 그의 원수를 갚는 것이 우리 모두에게 훨씬 바람직한 일입니다.

우리 각자는 이 세상에서 생의 마지막을 맞이해야 합니다. 할 수 있는 자는 죽기 전에 명성을 얻도록 해야 하나이다. 이

것이 사후 그 용사에게 남겨질 최상의 일입니다. 일어나소서, 왕국의 수호자시여. 어서 가서 그렌델의 혈족이 남긴 발자국을 살펴봅시다. 전하께 약속드리오니 땅속에서나 숲속에서나 대양의 바닥에서나 어디로 가든 그녀는 어떠한 피난처도 발견할 수 없을 것입니다.

전하께서 그렇게 하시리라 믿습니다만 오늘 모든 고통을 참고 견뎌내주십시오."

그러자 그 고령의 왕은 벌떡 일어서서 그 용사의 말에 대해 전능하신 하나님께 감사를 드렸노라. 그리고 흐로드가르

1400 왕을 위하여 갈기를 땋은 말에 굴레를 씌웠노라. 현명한 왕은 위엄 있게 나아갔고 방패를 든 보병용사들은 행진해갔노라. 숲길을 따라 난 발자국이 넓게 보였으니 이는 흐로드가르 왕과 함께 그들의 고국을 지켰던 신하들 가운데 가장 뛰어났던 그 생명을 잃은 용사를 그녀가 음침한 황야를 넘어 데려가며 땅 위에 남긴 발자국이었노라.

그리하여 귀족들의 아들들은 가파른 바위 경사를 넘고 한 사람만 통과할 수 있는 좁은 길, 낯선 행로, 높이 치솟은 바위, 그리고 많은 수중 괴물들의 거처를 지나갔노라. 그(흐로드가르)는 그 지역을 탐색하기 위해 몇몇의 현인들과 같이 앞서가다가 갑자기 산의 나무들, 음산한 수풀이 회색 바위로 기울어져 있는 것을 발견했노라. 밑에 흐르는 물은 피로 들끓고 있었노라.

그들이 호숫가 절벽에서 에쉬헤레의 머리를 발견했을 때 모든 덴마크인들의 가신들에게는 가슴 저미는 고통이었으며 많은 귀인들과 모든 영웅들에게는 커다란 슬픔이었노라.

호수 물은 피로 변해 뜨거운 피로 들끓고 있었으며 사람들
1420 은 그 광경을 응시했노라. 때때로 뿔나팔은 기운찬 전투곡을 울렸노라. 용사들은 모두 앉았고 그들은 물 속을 통과하는 많은 뱀의 종류, 이상한 바닷뱀들이 물 속을 탐사하는 것을 보았노라. 그들은 또한 아침이면 뱃길 위로 나타나 재난을 불러오는 공격을 감행하는 뱀이나 사나운 짐승, 그 바닷괴물들이 호숫가의 경사면에 누워 있는 것을 보았노라.

괴물들은 전투용 뿔나팔의 맑게 울리는 소리를 듣고 화가 치밀어 난폭해져 호숫가의 비탈에서 뛰어내렸노라. 예이츠의 장수 베오울프는 화살로써 그들 중 하나의 생명과 물과 겨루는 그의 힘을 빼앗았노라. 그리하여 단단한 전투용 화살이 그 괴물의 심장에 꽂혔노라. 죽음이 그 괴물을 붙잡았으므로 그놈은 더 느리게 헤엄쳤노라. 곧 그는 날카로운 갈고리가 부착된 산돼지용 창에 의해 맹렬히 추격당하였고, 그 기이한 물 속 항해자는 무자비하게 공격당해 절벽 위로 끌어올려졌노라. 사람들은 그 무시무시한 낯선 괴물을 응시했노라.

베오울프는 전의(戰衣)를 갖추었고 생명에 대한 두려움 따
1440 위는 전혀 느끼지 않았노라. 손으로 엮어진 넓고 정교하게

장식된 쇠사슬 흉부갑옷은 물 속을 탐험하게 되어 있었노라.

이 흉갑은 몸을 보호할 수 있어서 격투에서의 잡는 힘, 성난 적의 사악한 포획이 그의 가슴이나 생명을 해할 수 없었노라. 또한 반짝이는 투구는 그의 머리를 보호했으며 소용돌이치는 물결을 찾아 호수의 밑바닥을 헤집고 다닐 것이었노라.

보석들로 장식되고 장중한 테로 둘러진 그 투구는 오랜 옛날 대장장이에 의해 산돼지 형상으로 둘러져 기막히게 만들어졌으니 그 후로는 어떤 칼이나 전투용 날도 그 투구를 부서뜨릴 수 없었노라.

또한 흐로드가르의 대변인(운페르드)이 빌려주었던 칼 또한 베오울프가 필요로 할 때 커다란 도움이 되었노라. 자루가 달린 그 칼의 이름은 흐룬팅이었고 그것은 고대의 보물중에 가장 뛰어났으며 날은 철로 만들어져 독물로 새겨진 줄무늬 장식이 있었으며 전투에서 흘린 피로 단단해졌노라.

그 칼은 전투에서 그것을 손에 쥐고서 위험한 모험을 감행하며 적들이 격돌하는 곳으로 대담하게 돌진해가는 그 어떤 이도 실망시키지 않았노라. 이 칼이 영웅적인 업적을 이룩해야 하는 것은 이번이 처음이 아니었노라.

진실로 막강한 에즈라프의 아들(운페르드)이 자기보다 훌륭한 무사에게 칼을 빌려주었던 것은 그가 술에 취해 이전에 말한 것을 기억하지 못했기 때문이었노라. 자기 자신은 감히

460

목숨을 내걸고 파동치는 물결 밑에서 용맹스러운 공적을 이룰 만한 용기가 없었노라. 그리하여 그는 그의 무용을 엿보일 수 있는 영광을 상실하게 되었노라.

이와 같은 일은 전투를 위해 자신을 무장한 다른 이(베오울프)에게는 일어나지 않았노라.

XXII

1473 에즈데오우의 아들 베오울프는 용사의 기개를 토해냈노라.

"잊지 마소서. 영광스러운 헤알프데인의 아드님, 현명하신 군주이시며 용사들의 관대한 친우시여, 이제 저는 격투에 임할 태세를 갖추었으니 일전에 우리 둘이 말했던 것을 꼭 기억하소서. 만일 제가 전하의 필요에 의하여 목숨을 잃게 된다면 항상 저 대신 아버지의 위치를 지켜주시기 바랍니다.

1480 만일 제가 전투에서 죽게 된다면 나의 동료 신하들의 보호자가 되어주소서. 또한 친애하는 흐로드가르 왕이시여, 전하께서 저에게 하사하셨던 보물을 저의 군주 히옐락 왕에게 보내주시기 바랍니다.

흐레들의 아들이시며 에이츠의 군주이신 히옐락 왕께서 그 보물을 보시고 친히 살피신다면 제가 관대하시고 보물의 하사자이신 한 위대한 왕을 알게 되었다는 것과 제가 그분의 하사품을 할 수 있는 한 즐겨 사용하였다는 것을 아시게 될 것입니다.

그리고 전하께서는 널리 알려진 운페르드로 하여금 기이한 물결무늬가 새겨진 옛 가보인 칼날이 단단한 이 검을 다시 갖게 하십시오. 이 검 흐룬팅으로써 명성을 획득하거나 그렇지 않으면 죽음을 맞이하겠습니다." 이 말을 마친 후 예이츠인 베오울프는 회답을 전혀 기대하지 않은 채 용감하게 서둘러 떠났으며 파동치는 물결은 그 투사를 감싸안았노라.

그가 호수의 밑바닥을 찾는 데는 상당한 시간이 흘렀노라. 그 호수의 광활한 영역을 오십 년 동안 지켜온 난폭하고 탐욕스러운 그 여괴물은 어떤 인간이 위로부터 괴물들의 소굴을 탐사하고 있다는 것을 당장 알아차렸노라. 500

그리고 그 괴물은 손을 뻗쳐 그 용사를 무서운 손아귀에 붙들었으나 그의 건장한 몸을 해칠 수 없었노라. 쇠고리로 엮어진 갑옷이 외부로부터 그를 보호했기 때문에 그 여괴물의 악의에 찬 손가락이 그의 전의, 쇠사슬로 결합된 갑옷을 꿰뚫을 수 없었노라. 그러자 그 호수의 암늑대는 호수 밑으로 내려갈 때 쇠사슬 흉부갑옷을 걸친 그 장수를 그녀의 은신처로 끌고 왔노라.

그러므로 아무리 용맹한 그일지라도 무기를 사용할 수 없었고 수많은 괴물들이 물 속에서 그를 압박했으며 많은 물짐승들이 전투용 송곳니로써 그의 전투 갑옷을 꿰뚫으려 하며 그를 추격해왔노라.

그때 그 용사는 그가 어떤 적의 홀 안에 있다는 것을 알았으며, 그곳에서는 물도 그를 해치지 못했고 그 홀의 지붕 때문에 큰 물의 기습도 그를 덮칠 수 없었노라. 그는 그곳에서 반짝이는 한 불빛을 보았노라.

그 용사는 저주받은 물 속의 괴물, 힘센 호수의 여괴물을 보았노라. 그가 그의 전투용 칼에 강한 힘을 실어 힘껏 내리
1520 치자 그의 손은 그 칼의 타격을 감당하지 못했고 그 결과 소용돌이무늬로 장식된 그 칼은 그녀의 머리 위에서 탐욕스러운 전투곡을 울렸노라.

그러자 그곳의 낯선 자(베오울프)는 전쟁터의 불빛(칼)이 그녀를 해하지도 생명을 빼앗을 수도 없다는 것을 알았노라. 그 칼은 그 장수가 필요로 할 때 그를 만족시키지 못했노라.

이전에 그 검은 많은 접전을 견뎌냈으며 가끔 운이 다한 용사들의 투구와 갑옷을 자르기도 하였노라. 그 귀한 보물이 명성을 얻지 못한 것은 이번이 처음이었노라.

그러나 히엘락의 친척인 베오울프는 용기를 누그러뜨리지 않고 명예를 마음에 상기하며 다시 결의를 굳혔노라. 분노가 치민 용사가 장식물이 박힌, 물결무늬가 새겨진 그 칼을 내던지자 강철 날을 가진 그 칼은 땅에 떨어졌노라. 그는 그의 힘, 막강한 손의 쥐는 힘에 의존했노라.

전투에서 영원한 영예를 얻으려는 자들은 마땅히 이래야만 하나니—목숨 따위에 연연해서는 아니 되느니라.

그리하여 그 격투를 후회하지 않는 에이츠의 장수는 그렌델의 어미의 어깨를 붙잡았노라. 싸움에 굳센 그가 화가 치밀어 그 지독한 원수를 내던지니, 그 괴물은 바닥에 떨어졌노라. 그러자 이번에는 즉시 그녀가 무서운 악력(握力)으로 그의 공격에 보복하기 위해 손을 뻗쳐 그를 붙들었노라. 그리하여 보병들 중 가장 용맹한 그는 이내 지쳐 비틀거리며 쓰러졌노라.

1540

그리고 그녀는 자기의 거처를 찾아온 손님 위에 올라앉아 넓고 밝게 빛나는 칼날을 가진 그녀의 단검을 뽑아서 자신의 유일한 자손인 아들의 복수를 갚으려고 했노라. 손으로 엮어 만든 쇠사슬 갑옷이 그의 어깨를 덮어 칼날이 뚫고 들어오는 것을 막아내 그의 생명을 보호했노라.

만일 쇠그물로 엮어진 그 단단한 전투용 흉부갑옷이 도움을 주지 않았다면, 그리고 신령하신 하나님께서 전쟁의 승리를 주관하지 않으셨다면 그는 넓은 땅 밑으로 죽음의 여행을 했을 것이었노라.

그가 다시 일어섰을 때 천국의 통치자시며 현명하신 하나님께서 쉽고 공정하게 일을 처리하셨느니라.

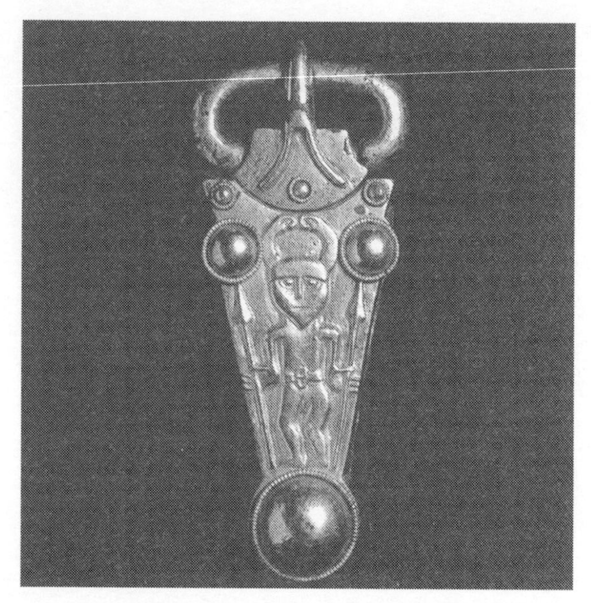

앵글로-색슨 시대의 버클(혁대쇠) 장식

XXIII

1557 그때 베오울프는 여러 무기 중에서 거인들이 만든 견고한 칼날을 가진 옛 검, 용사들의 명예인 승리의 축복을 간직한 검을 발견했노라. 거인들이 만든 훌륭하게 장식된 그 검은 최상의 무기로서, 다만 여느 사람이 전장터에 가지고 갈 수 있는 것보다 더 큰 것이었노라.

덴마크를 위해 싸운 그 용사는 고리 장식이 있는 칼자루를 쥐고 소용돌이무늬가 새겨진 그 칼을 휘둘렀노라. 생명 따위는 개의치 않고 무섭고 성난 기색으로 그 칼을 내리치자 그것이 그녀의 목을 세게 강타하여 척추를 부러뜨렸노라.

칼날이 죽을 운명에 놓인 그녀의 육체의 집(몸)을 관통하자 그녀는 바닥에 쓰러졌으며 칼은 피투성이가 되었고 용사는 그 일로 기뻐하였노라. 빛이 반짝거렸고 하늘의 촛불(태양)이 하늘에서 밝게 빛나는 것같이 그 괴물의 홀 안에서는 불빛이 퍼져나왔노라. 그는 그 수궁(水宮)을 둘러보았노라. 화가 치민 히옐락의 신하는 단호한 마음으로 칼자루를 쥐고 그 단단한 검을 높이 쳐든 채 벽을 따라 움직였노라. 그 검은 그 용사에게 무용지물이 아니었노라. 그리고 그는 그렌델이 서쪽 덴마크인들에게 행한 수많은 습격에 대한 복수를 즉각

580 하고 싶었노라. 그렌델은 흐로드가르의 절친한 신하, 잠자고 있는 십오 명의 덴마크 용사들을 살해하여 먹어삼켰고 또한 같은 수의 사람들, 소름끼치는 노획물들을 밖으로 가져갔었노라. 그 맹렬한 용사는 그렌델에게 그것에 대한 복수를 했노라. 그는 일전에 헤오로트 궁에서 투쟁으로 부상을 입고 그로 인해 싸움에 지쳐 목숨을 잃어 죽음의 침상에 누워 있는 그렌델을 보았노라.

그 시체는 베오울프의 일격, 잔인한 검의 타격을 받자 크게 파열되었노라. 그리고 그는 그의 머리를 잘라냈노라.

호로드가르와 함께 호수를 바라보던 현인들은 갑자기 소용돌이치는 물결이 더욱 세차게 동요되며 피로 물드는 것을 보게 되었노라. 백발의 노련한 용사들이 그 영웅(베오울프)에 대해 서로 말했으니, 이는 그 귀한 장수가 승리의 기쁨에 귀환하여 그들의 유명한 군주를 다시 찾을 수 없으리라는 것이었노라. 그 호수의 늑대가 그를 죽였다고 생각했기 때문이었노라.

1600 아홉시가 되자 용감한 덴마크인들은 갑(岬)을 떠났고 보물을 하사하시는 용사들의 친우이신 군주도 그곳을 떠나 집으로 향했노라. 이국의 낯선 용사들은 슬픔에 젖어 그곳에 앉아 호수를 주시하며 그들의 친우이자 통솔자인 그를 다시 보고자 원했지만 희망을 품지는 않았노라.

그때 그 검은 싸움에서 흘린 피로 전장의 고드름이 되어 점점 줄어들기 시작했노라. 때와 절기를 관장하시는 진정한 창조주신 하나님께서 서리의 속박을 푸시고 물의 족쇄(얼음)를 벗기심과 같이 그 검이 흡사 얼음처럼 완전히 녹게 된다는 것은 참으로 기이한 일이었노라.

예이츠의 장수인 베오울프는 비록 그가 그 괴물의 은둔처에서 많은 것을 보았지만 그렌델의 머리와 보석으로 장식된 칼자루 외의 다른 보물들은 취하지 않았노라. 물결무늬의 검은 완전히 타서 이미 녹아버렸으니, 그 피는 그 정도로 뜨거웠으며 그 안에서 죽은 이방의 영(靈)은 그렇게 강한 독성을 품고 있었노라.

조금 전의 전투에서 적들의 죽음을 목격하고 살아남은 베오울프는 곧 수면 위로 헤엄쳐 올라왔노라.

그 이방의 영이 그의 생명의 날들을 다하고 이 덧없는 세상을 마쳤을 때 그 파동치는 물결, 그 광활한 지역은 완전히 정화되었노라. 1620

담대한 바다 용사들의 보호자는 호수 기슭으로 헤엄쳐나왔고 자기가 가지고 온 무거운 짐, 해저의 전리품에 대해 기뻐했노라.

그 영예로운 용사들의 무리는 그에게 나아가서 하나님께 감사를 드렸으며 그들의 지도자가 안전하게 돌아온 것을 볼 수 있게 됨을 기뻐했노라. 그리고 그 용맹한 용사로부터 투구와 갑옷이 재빨리 벗겨졌으며 죽음의 피로 물든 물, 하늘 아래 그 호수의 물은 잔잔해졌노라.

그곳에서 그들은 즐거운 마음으로 그들에게 잘 알려진 보도를 따라 행진했노라. 이들 왕과 같이 대담한 용사들은 그렌델의 머리를 호수의 절벽에서 운반했노라. 그것은 용맹한 그들 각자에게 있어 매우 힘든 일이었노라. 네 명의 용사가 그렌델의 머리를 창대에 달고 힘겹게 황금 궁궐까지 행진했으며 그리하여 그 열네 명의 담대하고 호전적인 에이츠 용사들은 그 궁에 당도했노라.

그들의 장수 베오울프는 그들과 함께 향연장 부근의 잔디를 당당히 지나갔노라.

1640 그리하여 용사들의 지도자, 용감한 투사, 전투의 용맹으로 영예롭게 존중되어지는 자는 흐로드가르 왕에게 인사하러 갔노라. 또한 그렌델의 머리는 바닥 위로 끌려 사람들이 술을 마시는 곳으로 옮겨졌노라.

그것은 궁중 신하들에게나 그들과 함께 있던 여인 웨알데오우에게 기인한 광경이었노라. 사람들은 그것을 쳐다보았노라.

XXIV

1651 에즈데오우의 아들 베오울프는 기개 있게 말했노라.

"보소서! 덴마크의 군주, 헤알프데인의 아드님이시여, 저희들은 영광의 징표로써 전하께서 여기 보고 계시는 호수의 노획물을 즐거운 마음으로 가지고 왔습니다. 저는 수중 격투에서 간신히 살아났으며 어려움을 무릅쓰고 이 일을 감행했었습니다. 만일 하나님께서 저를 보호하지 않으셨다면 격투는 곧 끝나고 말았을 것입니다. 흐룬팅은 훌륭한 무기이기는 했지만, 저는 그 검으로 격투에서 아무것도 이룰 수 없었습니다. 그렇지만 인간의 통치자께서는 저로 하여금 벽에 걸려 있는 아름답고 거대한 고검을 발견할 수 있도록 하셨습니다.

1660 하나님께서는 얼마나 자주 동조자 없는 이들을 인도하시는지요! 그리하여 저는 그 무기를 빼 들었고 기회가 주어졌을 때 격투에서 그 소굴의 감시자들을 살해했습니다.

그러자 전쟁터의 땀, 그 뜨거운 피가 솟구쳐나오자 물결무늬가 새겨진 검은 타버렸습니다.

저는 그곳의 적들로부터 그 칼자루를 빼앗아왔습니다. 그들의 악행, 덴마크인들에 대한 살상에 보복함으로써 응분의 조처를 취했습니다.

그러므로 전하께 약속드리오니, 전하께서는 헤오로트 궁에서 전하의 용사 무리, 전투에 노련한 용사나 일반 용사 할 것 없는 백성의 모든 신하들과 함께 걱정 없이 잠을 청하시게 될 것이며, 또한 덴마크의 군주이신 전하께서는 옛적에 그러하셨듯이 궁궐 저쪽으로부터 영웅들에게 닥쳐왔던 살인적인 급습을 두려워하실 필요가 없게 될 것입니다."

그리고 거인들이 만든 고대의 작품인 그 황금 장식의 칼자루는 백발의 전쟁의 통솔자인 한 그 고령의 왕에게 넘겨졌노라. 솜씨 있는 대장장이들의 작품인 그 칼자루는 그 악마들의 멸망 후 덴마크 군주의 소유가 되었노라.

1680 살인죄를 범한 그 악의에 찬 하나님의 적이 세상을 떠나고 그 어미 역시 그를 뒤따랐을 때 그 칼자루는 남부 스칸디나비아에서 보물을 분배하는 왕들 중, 두 대양 사이에서 가장 뛰어난 왕의 소유가 되었노라.

흐로드가르 왕은 말했노라. 그는 옛 보고인 그 칼자루를 유심히 살펴보았노라. 거기에는 홍수, 갑자기 덮쳐온 대양의 물이 거인들의 족속을 멸망시켰을 때의 그 고대의 투쟁에 관한 기원이 새겨져 있었노라.

그들은 무서운 고통을 겪어야 했고 그리하여 영원하신 하나님으로부터 떨어져나간 종족이 되었노라. 영원하신 통치자께서는 물의 공격으로써 그들의 행위에 대한 최후의 복수를 하셨노라.

또한 반짝이는 황금의 칼자루는 룬 문자로 정확히 새겨져 있었느니, 뱀 장식과 꼬여진 무늬가 깃들인 그 칼자루를 가진 최상의 검이 누구를 위해 맨 처음으로 만들어졌는지를 말해주고 있었노라.

그러자 그 현명한 헤알프데인의 아들은 말했고 모두는 침묵을 지켰노라.

1700 "백성을 위하여 진실과 공의를 베푼 자, 지나간 모든 일을 기억할 수 있는 본국의 수호자인 고령의 영도자는 이 영웅이 참으로 잘 태어났노라고 확실히 단언할 수 있을 것이니라.

나의 친구 베오울프여, 그대의 명성은 인근 도처의 모든 나라에까지 널리 퍼졌노라. 육체의 힘과 마음의 지혜를 끈기있게 잘 간직하시오. 일전에 우리들이 말한 바와 같이 나는 그대와의 우호 관계를 지키겠소. 그대는 오랫동안 그대의 백성들에게 위로가 되고 용사들에겐 도움이 될 것이오.

그러나 헤레모드는 명예로운 덴마크인들, 에즈웰라의 후손들에게 그렇지 못했소. 그는 성장하여 그들의 뜻에 부응하지 못했고 도리어 그들에게 학살과 파멸을 불러왔소.

비록 전능하신 하나님께서 힘의 축복으로 그를 지지하사 모든 이들 위로 높이셨으나 그는 화가 치밀어 술자리를 같이 하는 절친한 동료 용사들을 살해하였고 그리하여 마침내 이 악명 높은 왕은 홀로 사람들의 곁을 떠나게 되었소. 그럼에도 그의 심중에는 피에 굶주린 생각이 커가고 있었소.

720 그는 덴마크인들에게 군주로서의 명예를 얻기 위해 금고리를 전혀 하사하지 않았소. 그리하여 그는 이러한 불화로 인해 기쁨을 상실한 채 오랫동안 고통을 겪어야만 했소. 이것으로부터 교훈을 얻어 관대한 미덕을 터득하기 바라오. 장구한 세월 속에 현자의 도를 터득한 나는 그대를 위하여 이 이야기를 하오.

전능하신 하나님께서 인간들에게 그분의 자비로우신 마음에서 어떻게 지혜와 토지, 또는 사회적 신분을 부여해주시는가를 말한다는 것은 참으로 경이로운 일이로다. 주님은 모든 것을 주관하고 계시오.

때로 하나님은 고귀한 가문의 사람을 기쁜 생각으로 충만케 하시며 고국에서 백성들의 성채를 통치할 수 있는 세상의 기쁨을 그에게 주시고, 또한 세상의 영토, 넓은 왕국을 그에게 속하게 하시나 그는 현명치 못한 생각에 그러한 행복한 상태의 종말이 있으리라고 생각지 못하게 된다오.

그는 부유하게 살며, 병이나 고령이나 어느 것도 그를 방해치 못하며, 악의로 인한 슬픔도 그의 마음을 어둡게 하지 못하고, 불화로 인한 검의 증오가 어디에서도 발생치 않으며 세상만사는 그의 뜻대로 이루어지오.

XXV

1739 그러자 그의 마음에 교만이 싹터 창궐(猖獗)케 되고 파수꾼인 영혼의 관리자가 근심 걱정에 휩싸인 채 잠들어 너무나 깊이 그 잠에 빠져 있는 중 살해자가 가까이 접근하여 시위에서 반란의 활을 당길 때까지 그는 더 불행한 상태를 알지 못하오.

그리하여 그 잔혹한 화살은 저주받은 악령의 사악한 명령에 의해 그의 갑옷을 꿰뚫고 그 심장에 꽂히게 되니 그는 자신을 방어할 수 없게 되오. 그는 오랫동안 소유해왔던 것이 너무나 적다고 생각되어 분한 마음에 더욱 욕심을 내어 황금으로 도금된 고리들을 신하들에게 흔쾌히 나누어주지 않으며 또한 영광의 통치자께서 그에게 주신 영예의 몫을 생각지도 않은 채 무시하게 되오. 그리하여 마침내는 그 빌린 몸이 쇠약해지고 운이 다해 쓰러지게 되며 두려움 따위는 안중에 두지 않는 다른 사람이 그의 뒤를 이어 그 귀인의 옛 보물을 아낌없이 나누어주게 되오.

최상의 영웅, 나의 친애하는 베오울프여, 이러한 무서운 불행으로부터 자신을 경계하고 보다 나은 것, 영원한 득을

1760 택하시오. 이름을 드높인 용사여, 교만을 물리치시오.

이제 그대의 힘의 영광은 잠시 지속될 거요. 그러나 얼마 지나지 않아 병마나 칼이 그대의 힘을 빼앗아갈 것이며 또한 불의 포옹, 홍수의 급습, 검의 공격, 창의 비행(飛行), 그리고 무서운 고령이 그대에게 닥치고 그대의 밝은 눈은 흐릿해져 어두워지게 되며 죽음이 용사인 그대를 덮치게 될 것이오. 이와 같이 나는 하늘 아래에서 오십 년 동안이나 덴마크를 다스렸으며 이 지상의 많은 나라들로부터 창과 칼로써 그들을 전쟁에서 보호하였소. 그런즉 하늘 아래 어느 누구도 나에 대항할 적이 있으리라 생각지 않소.

그러나 들어보시오! 옛 원수인 그렌델이 나의 침입자가 된 후 나의 영토에는 운(運)의 역전, 기쁨 후의 슬픔이 닥쳐왔소. 이로 인해 나는 항시 커다란 마음의 슬픔을 겪었소. 그

780 일로 인해 살아생전 오랜 싸움 후에 피범벅이 된 그 머리를 내 눈으로 직접 볼 수 있게 해주신 데 대해 창조주, 영원하신 하나님께 감사드리오. 전승의 명예를 지닌 자여, 이제 자리에 돌아가 앉아 향연의 즐거움을 누리시오. 아침이 되면 우리는 많은 보물을 나눠 갖게 될 것이오."

예이츠인 베오울프는 기쁜 마음으로 이 현명한 왕이 권유

한 대로 곧바로 자기 자리로 찾아갔노라. 그리고 이전과 같이 용맹스런 용사들을 위해 또다시 성대한 연회가 마련되었노라. 용사들 위로 밤의 어두운 장막이 내려앉았노라. 전투에 노련한 용사들이 모두 일어섰고 나이 든 백발의 덴마크 왕은 자기 침소로 가기를 원했노라. 방패를 들고 싸우는 용사, 예이츠인 베오울프는 매우 휴식을 취하고 싶었노라. 즉시 한 궁중 시종이 먼 나라에서 온 원정에 지친 그를 안내했고 당시 바다의 용사들이 응당 받게 되어 있던 절차에 따라 그 용사가 필요로 하는 모든 것에 정중히 시중을 들었노라. 그리고 관대한 마음을 지닌 그 영웅은 휴식을 취했노라. 넓은 박공과 금으로 장식돼 있는 그 홀은 높이 솟았노라. 1800

그 손님은 검은 까마귀가 즐거운 소리로 하늘의 기쁨인 태양의 출현을 알릴 때까지 그 안에서 잠들어 있었노라. 그러자 밝은 빛이 밤의 음영을 제치고 서둘러 올라왔노라. 용사들은 서둘렀고 그 고귀한 용사들은 그들의 백성들에게 돌아가기를 간절히 바랐노라.

그 대담한 이방의 용사는 그곳에서 멀리 떨어져 있는 배를 찾아가보고 싶었노라.

그리고 그 용맹한 용사는 흐룬팅을 에즈라프의 아들 운페르드에게 전달되도록 명하여 그로 하여금 그 소중한 검을 다시 갖도록 했노라.

베오울프는 그 검을 빌려준 데 대해 감사를 표하며 전쟁터의 동료인 그 검이 싸움에서 강하고 훌륭했노라고 말하였노라.

그 칼날에 대한 어떤 비난의 언사도 표명하지 않았으니 그는 사려 깊은 사람이었노라.

귀향길을 열망하는 용사들은 무장을 갖추고 떠날 채비를 했으며 덴마크인들의 존경받는 그 귀인은 흐로드가르 왕이 앉아 있는 옥좌로 갔노라. 전투에 용감한 베오울프는 흐로드가르에게 인사드렸노라.

XXVI

1817 에즈데오우의 아들 베오울프는 격식을 갖춰 말했노라.

"먼 곳에서 온 저희 항해자들은 이제 저희들의 군주인 히옐락을 찾아 떠나고 싶다는 것을 알리고 싶습니다. 우리는 이곳에서 저희들이 원하는 대로 잘 대접받았습니다. 전하께서는 저희들을 융숭히 대접해주셨습니다. 만일 제가 이 세상에서 어떻게 해서든지 여태껏 쌓은 전승(戰勝) 이상의 업적으로써 전하의 총애를 얻을 수만 있다면, 용사들의 군주이시여, 저는 그것을 즉각 시행하겠나이다.

때때로 적대 관계에 있는 나라들이 그러하듯이, 만일 전하의 이웃 나라들이 전하께 공포로 위협해온다는 사실을 저 넓은 바다 건너에서 듣게 되다면, 저는 전하를 돕기 위해 천 명의 신하들과 용사들을 데리고 오겠습니다.

비록 나이는 어리시지만 예이츠의 군주이시며 백성의 수호자이신 히옐락 왕께서는 말과 행동으로써 저를 지지하시리라는 것을 저는 알고 있습니다. 그리하여 제가 전하를 더욱 잘 받들며 전하께서 사람의 도움이 필요하실 때 전하를 돕기 위하여 자루가 긴 창과 병력을 이끌고 올 수 있을 것입니다.

만일 통치자의 아들이신 흐레드릭 왕자께서 예이츠의 궁궐을 방문할 의향이 있으시다면 그는 그곳에서 많은 친구들을 만나볼 수 있을 것입니다. 훌륭한 기질을 지닌 자가 먼 타국을 방문한다는 것은 바람직한 일입니다.

1840 호로드가르는 그에게 답변했노라.

"현명하신 하나님께서 이 같은 말을 그대의 가슴속에 넣어주신 것이오. 나는 여태껏 나이가 많지 않은 자가 이렇게 지혜롭게 말하는 것을 들어보지 못했소. 그대의 힘은 막강하고 마음의 판단은 성숙하며 언사에 있어 사리가 밝소.

만일 창이나 격렬한 칼의 전투, 병이나 칼이 그대의 군주, 백성의 수호자인 흐레들의 아들(히옐락)의 목숨은 앗아가고 그대가 살아남게 되어 친족들이 왕국을 다스리기 원한다면 바다의 항해자인 예이츠인들은 용사들의 보물의 수호자로서 그대보다 더 나은 왕을 선택할 수 없으리라 나는 생각하오.

친애하는 베오울프여, 그대의 마음 씀씀이가 나를 오랫동안 기쁘게 하였소.

그대는 양 국가, 예이츠와 덴마크 사이의 상호 평화가 유지되도록 했으며 이전에 그들이 겪어야만 했던 분쟁이나 적대 행위를 그치게 하였소, 본인이 이 광대한 왕국을 다스리는 동안 보물의 왕래가 있을 것이며, 또한 많은 사람들이 부비새(鳥)가 수영하는 바다 건너 귀한 선물을 가지고 서로 예방할 수 있게 될 것이오. 뱃머리가 굽은 배는 바다를 건너 선물과 우정의 표시를 가지고 오게 될 것이오, 나는 그대의 종족이 친구나 원수들에게 확고 부동한 자세를 견지하며 또한 옛 풍습에 비추어 전혀 비난받을 점이 없다는 것을 알고 있소."

860

그리고 영웅들의 수호자, 헤알프데인의 아들은 홀 안에서 베오울프에게 열두 개의 보물을 주었노라. 그리고 베오울프가 그러한 보물들을 가지고 자기의 사랑하는 백성들을 무사히 찾아간 다음 다시 신속히 되돌아오라고 말했노라.

그리고 덴마크의 군주인 그 고귀한 왕은 그 최고의 용사에게 입을 맞추며 그의 목을 껴안았노라. 눈물이 백발의 왕의 눈에서 떨어졌노라. 지극히 사려 깊은 이 고령의 왕에게 두 가지 생각이 떠올랐으나, 그 중 하나가 더 있을 법했으니 용맹한 자들의 회동에서 그들이 다시는 만나지 못하리라는 것이었노라.

왕 자신에게 그는 그처럼 소중했으므로 가슴속에 끓어오르는 슬픔을 억누를 수 없었노라. 하지만 그는 핏속에서 친애하는 그 용사에 대해 열화같이 분기하는 은밀한 열망을 마음의 끈으로 단단히 고정시키고 있었노라. 1880

금으로 의기양양해진 전사 베오울프는 그곳에서 그를 떠나 받은 보물들을 기뻐하며 풀밭을 걸어갔노라. 바다를 걷는 것(배)은 주인을 기다리고 있었노라.

그리고 항해 도중 그들은 흐로드가르의 하사품에 대해 자주 찬사를 보냈노라. 그는 모든 면에서 나무랄 데 없는 왕이었지만 자주 많은 사람들을 해하듯이 마침내 고령이 그의 힘의 즐거움을 빼앗아가버렸노라.

XXVII

1888 그리고 쇠고리로 엮어진 흉부갑옷을 입은 매우 용맹스런 한 무리의 용사가 바다로 왔노라. 해안 경비대장은 전에 그가 본 것같이 용사들이 돌아오는 것을 목격했노라. 그는 절벽의 갑에서 무례하게 그 손님들을 받아들이지 않고 그들을 맞아들이기 위해 말을 몰았노라. 그리고 빛나는 갑옷을 입은 그 용사들이 배를 타고 가서 예이츠인들의 환영을 받을 것이라고 말했노라.

모래 위에 있는 뱃머리가 굽고 폭이 넓은 그 배는 전투복과 말과 보물들로 쌓여 있었고 돛대는 흐로드가르의 보물 위로 높이 솟아 있었노라.

1900 베오울프는 금장식으로 둘러진 검을 그들의 배를 감시한 해안 경비대장에게 주었노라. 그리하여 그 경비대장은 이후 향연장에서 가보인 그 보물로 인하여 더욱 영예롭게 될 것이었노라. 배는 깊은 바닷물결을 가르고 나아갔으며 덴마크 땅을 떠났노라. 바다의 의상인 돛이 밧줄에 단단히 동여매어져 있었노라.

바다의 나무(배)는 삐걱 소리를 내었고 파도 위에 바람은 바다를 떠가는 배의 항로를 방해하지 않았노라. 배는 나아갔노라. 선두(船頭)가 철갑 장식으로 꾸며진 그 배는 목 주변으로 거품을 일으키며 넘실대는 바닷물결 위로 떠내려갔노라.

마침내 그들은 예이츠 땅의 절벽, 그들에게 친밀한 갑을 볼 수 있게 되었노라.

배는 바람에 실려 앞으로 치달아 육지에 도착했노라.

이미 오래 전부터 사랑하는 그들을 보기를 열망하며 유심히 저 먼 바다를 응시해왔던 항구 경비원은 즉시 해안으로 갔노라.

베오울프는 파도의 힘에 의해 그 훌륭한 배가 바다로 떠밀려가지 않도록 닻줄로써 그 바닥이 넓은 배를 해안가 모래사장에 단단히 정박시켰노라. 그는 귀인들의 보물과 장식물들,

1920 그리고 판금(板金)들을 뭍으로 운반해 올리라고 명했노라. 그들이 보물을 분배하시는 자, 흐레델의 아들 히옐락을 찾아가는 길은 그곳에서 그리 멀지 않았노라. 히옐락은 해안벽 부근의 거처에서 그의 신하들과 함께 거하고 있었노라.

그 건물은 대단히 웅장했으며 뛰어난 무용을 지닌 그 왕은 궁궐의 높은 곳에 계셨고, 매우 젊고 현명하며 모든 면에 성숙한 헤레드의 딸인 히이드[9]는 비록 성내에 거한 지가 오래되지는 않았지만 인색하지 않았으며 예이츠인들에게 보물이나 선물을 베푸는 데 있어 무척 후했노라.

그 귀한 백성의 여왕 모드쓰리드[10]는 한때 무서운 악행을 저질렀노라. 위대한 군주인 남편 외에는 그녀의 친애하는 신하 중 그 어느 대담한 자도 한낮에 감히 그녀를 쳐다볼 수 없었노라. 만일 그랬다가는 손으로 꼰 죽음의 족쇄가 그를 기다리고 있음을 알아야만 했노라. 그가 잡히면 곧 칼이 준비되어지고, 무늬가 새겨진 검이 죽음을 선포하며 그 결과를 처리하게 되어 있었노라.

1940 비록 그녀가 비길 데 없이 뛰어난다 한들 자신이 굴욕을 당했다는 상상으로 인하여 평화의 짜깁기공(여자)이 친애하

9) 히이드: 예이츠의 왕 히옐락의 젊은 왕비, 히옐락이 죽은 후 베오울프와 재혼했을 것으로 추정됨.

10) 모드쓰리드: 앵글스족의 전설적인 왕 오파Offa의 처로서 히옐락의 왕비인 히이드의 덕성을 돋보이기 위해 언급되어짐.

투구 위에 장식되어 있는 수퇘지 형상

는 신하의 목숨을 빼앗는다는 것은 여자로서 할 일이 아니며 또한 왕비가 취할 예법도 아니었노라.

그러나 헤밍의 혈족이 이 같은 일을 멈추게 했노라. 주연장의 사람들은 또 다른 이야기를 전했노라. 금으로 치장된 그녀는 부친의 권유에 의해 황갈색 바다를 건너 오파의 궁궐에 가서 그 고귀한 가문의 젊은 용사에게 시집가자마자 백성들에게 해를 끼치거나 악의에 찬 행동을 하지 않았다고 하노라. 그 후 그 여인은 왕후의 자리에 올라 덕행으로 유명했으며 인생살이에 주어진 축복을 잘 누렸고, 내가 듣기로 대양 사이의 모든 종족들 가운데 그리고 모든 이들 가운데 가장 뛰어난 영웅들의 군주인 오파를 무척 사랑했다고 하노라.

창싸움에 용맹했던 오파 왕은 관대한 선물 하사와 전승으로 인해 널리 존경을 받았으며 자기 나라를 지혜로 다스렸노라. 그에게서 전쟁에 막강한 에오메르가 태어났으니, 그는 용사들의 조력자로서 헤밍의 혈연이며 가르문드의 손자였노라.

XXVIII

1963 그리고 그 대담한 베오울프는 그가 직접 선택한 용사들과 함께 그 넓은 해안가의 모래사장 위를 걸어갔노라.

세상의 등불인 태양은 빛을 발하며 남쪽으로부터 서둘러 올라왔노라. 그들은 그들의 길을 계속해갔고 영웅들의 살해자이며 온겐데오우[11]의 살해자인 젊고 전투에 능한 그 훌륭한 젊은 왕, 히옐락이 금고리를 하사하신다고 전해들은 그 성채로 분주히 향해갔노라.

베오울프의 귀향이 히옐락에게 신속히 알려졌으니, 용사들의 옹호자이며 전쟁터의 동지인 베오울프가 전장에서 다치지 않고 성한 몸으로 궁으로 걸어온다는 것이었노라.

강력한 왕의 명에 따라 걸어들어오는 그 손님들을 위해 궁궐 내부의 마루가 재빨리 치워졌노라.

격투에서 살아 돌아온 베오울프는 진중한 말과 격식을 갖

---

11) 온겐데오우: 스웨덴 왕으로서 예이츠의 왕 헤드킨에 의해 납치된 왕비를 구출하고 예이츠 군들을 위기로 몰아넣으나 히옐락이 이끈 군대에 의해 패망하고 자신은 전사함.

1980 춘 화술로 신뢰할 수 있는 군주에게 인사한 후 인척 대 인척으로 그와 마주앉았노라.

헤레드의 딸인 왕비 히이드는 술잔을 들고 회관의 이곳 저곳을 돌아다니며 사람들을 환대하고 영웅들에게 술을 따랐노라.

호기심에 사로잡힌 히옐락 왕은 높은 홀에서 자신의 동료 베오울프에게 그들 예이츠인들의 원정이 어떠했느냐고 정중히 묻기 시작했노라.

"친애하는 베오울프여, 그대의 원정은 어떠했소? 그대가 염분의 바다를 건너 저 멀리 헤오로트 궁에 격투를 하기 위해 갑자기 떠나기를 결심한 후의 그 여정에 별일은 없었소?

그대는 저 유명한 군주 흐로드가르의 널리 알려진 고통을 어떻게 좀 덜어주었소? 나의 마음은 근심 걱정으로 인해 격한 슬픔으로 들끓었소. 나는 나의 사랑하는 이의 모험이 성공하리라고 확신하지 않았소.

나는 오랫동안 그대가 그 살인적인 악마를 결코 대항하지 말고 덴마크인들로 하여금 그들 스스로 그렌델과의 분쟁을 해결토록 하라고 그대에게 간청했었소. 그대를 다시 건강한 몸으로 볼 수 있게 해주신 데 대해 하나님께 감사드리오."

에즈데오우의 아들 베오울프는 말했노라.

000 "히옐락 왕이시여. 그 괴물이 승리의 덴마크인들에게 많은 슬픔과 불행을 안겨주었던 그곳에서 그렌델과 우리 둘 사이

에 발생했던 큰 접전, 그 무서운 격투는 많은 이들에게 숨겨진 일이 아닙니다.

저는 원수를 모두 갚았습니다. 그래서 악의에 찬 그 지겨운 그렌델의 혈족 중 지상에 가장 오래 살아남은 그 누구도 한밤중의 그 격돌에 대해 자랑할 수 없게 되었습니다.

나는 '나는 먼저 그곳을 떠나 금고리를 하사하는 그 궁으로 가서 호로드가르 왕께 인사드렸습니다. 그러자 헤알프데인의 영식(令息)이신 그 유명한 호로드가르 왕은 저의 의중을 파악하시고 곧 자신의 아들들 곁에 저의 자리를 마련해주었습니다. 회중의 사람들은 기뻐했습니다. 저는 제 생애에 향연장에서 술을 마시며 그렇게 즐거워하는 사람들의 모습을 하늘 아래 어디에서도 보지 못했습니다.

때때로 백성들의 평화의 보증인 그 유명한 왕비, 웨알데오우는 회관을 두루 돌아다니며 젊은 용사들을 격려했습니다. 또한 그녀는 가끔 자기 자리로 돌아가기 전에 어떤 용사들에게 꼬인 금고리를 주었습니다.

2020 때때로 호로드가르의 딸은 노련한 용사들 앞으로 술병을 가지고 와 번갈아 그들에세 술잔을 건넸습니다. 저는 그녀가 장식징이 박힌 술잔을 용사들에게 건넬 때 향연장에 앉아 있던 자들이 그녀를 프레아와루라고 부르는 것을 들었습니다.

황금으로 치장한 젊은 그녀는 프로다의 자비로운 아들, 잉겔드[12]와 결혼의 약속이 돼 있는 상태였습니다. 덴마크의 군주, 왕국의 수호자께서는 이 일을 결정하셨으며 그는 그 안을 그 여인을 통하여 두 나라 사이의 분쟁과 철천지한을 해결하려는 현명한 계획으로 간주하셨습니다. 그렇지만 아무리 신부가 훌륭하다 해도 군주가 쓰러진 후 그 살기 어린창을 잠시 동안이라도 쉬게 한다는 것은 어느 나라에서나 좀처럼 볼 수 없는 일입니다.

그가 그 여인(프레아와루)과 함께 헤아도바드의 궁 안으로 들어가고 그 종족의 왕과 모든 신하들은 못마땅히 여깁니다. 그곳에는 덴마크의 고귀한 젊은 용사들과 노련한 용사들이 즐거운 대접을 받고 있으며 그들의 몸에서는 헤아도바드인들의 소유였던 옛 조상들의 가보인 고리로 장식된 견고한 칼들이 반짝입니다. 그 칼들은 전투에서 헤아도바드인들의 사랑하는 동료들과 자신들의 생명을 파멸시킬 때까지 휘둘러졌던 무기였습니다.

12) 잉겔드: 헤아도바드의 왕으로서, 선왕인 그의 부친 프로다는 적국 덴마크군에 살해당했음. 덴마크의 흐로드가르 왕은 딸 프레아와루를 잉겔드에게 결혼시킴으로써 양 종족간의 불화를 타개하려고 하지만 뜻을 이루지 못함.

XXIX

2041 그리고 창에 전사한 모든 용사들을 기억하는 헤아도바드의 한 고령의 용사는 그 보검을 바라보며 주연석에서 말합니다. 그의 마음은 격렬하게 끓어오릅니다. 비통에 잠긴 그는 한 젊은 용사의 기백을 시험하며 그의 마음에 전쟁에 대한 충동을 부추기기 위해 다음과 같은 말을 합니다: "나의 친우 용사여, 그대는 그대 부친께서 최후의 전투 때 투구를 쓰시고 전장으로 들고 갔던 저 귀중한 칼을 알아볼 수 있겠는가? 그 전투에서 덴마크인들이 그대의 부친을 살해했으며 위더길드가 죽고 또한 아군 용사들이 쓰러진 후 맹렬한 덴마크인들이 학살장을 장악했다네. 지금 그 살인자들 중 어떤 이의 한 아들이 전쟁에서의 살상을 자랑하며, 바로 이곳 회관을 걸어다니면서 무기 · 장신구들을 과시하며 그대가 당연히 소유했어야 할 그 보물을 차고 있네."

이와 같이 그가 신랄한 말로써 끊임없이 옛일을 상기시키시며 충동하니 마침내 그 여인을 수행하던 신하는 자기 부친의 행위 때문에 검에 맞아 피투성이가 되어 목숨을 잃고 영원한 잠을 자게 됩니다. 그 살해자는 그 지역을 잘 알기 때문에 그곳에서 살아 도망치게 되고 그리하여 양측간에 체결된 용사들의 서약은 파괴되고 맙니다. 그러자 잉겔드의 마음에

2060

는 무서운 적개심이 솟구치며 슬픔이 끓어올라 그 후 아내에 대한 애정이 식게 됩니다. 그러므로 저(베오울프)는 헤아도바드인들의 서약을 믿지 않고, 덴마크와의 동맹이 성실히 수행되리라 생각지 않으며, 그들의 우정 또한 확고하지 못하리라 간주합니다. 저는 그렌델의 이야기를 다시 시작하겠습니다. 보물을 하사하시는 전하께서는 용사들이 맨손으로 행한 싸움의 결과가 어떠했는지 잘 알게 되실 겁니다. 하늘의 보석(태양)이 지상을 활주한 후 그 무시무시한 밤의 성난 악귀가 무사히 궁궐을 지키고 있는 저희들을 찾아왔습니다. 그것은 혼드쉬오에게 치명적인 격투였으며 운명이 다한 그에겐 지독한 불행이었습니다. 무장한 그가 먼저 쓰러지자 그렌델은 그 유명한 용사를 입으로 살해하여 그 사랑하는 자의 몸을 통째 삼켜버렸습니다. 그럼에도 그 살해자는 이에 피를 머금고 사악한 파멸을 작정하여 그 황금 홀을 빈손으로 떠나려 하지 않았습니다. 막강한 힘의 소유자인 그는 나를 시험해보고는 탐욕스러운 손으로 붙잡았습니다. 커다랗고 기이한 장갑형 포대가 띠에 단단히 묶여 몸에 부착돼 있었습니다. 그것은 전체가 악마의 기교와 용의 가죽으로 교묘히 만들어졌습니다. 그 악행자는 죄없는 저를 다른 많은 사람들처럼 그 안에 집어넣으려고 했습니다만 제가 격분하여 몸을 곧추세웠기 때문에 그는 그렇게 할 수 없었습니다.

2080

XXX

2093 제가 그 백성들의 적이 저지른 모든 악행에 대해 어떻게 보복했는가를 모두 말하기에는 그 이야기가 너무나 깁니다.

군주시여, 저는 행위로써 전하의 백성의 명예를 드높였습니다. 그는 빠져나가 잠시나마 생의 즐거움을 맛보았습니다만 헤오로트에 그의 흔적으로 오른손을 남겨두고 비참하고 슬픈 마음으로 그곳을 떠나 호수 바닥에 뛰어들었습니다. 아

2100 침이 되어 저희들이 연회석에 앉아 있을 때 덴마크의 군주께서는 그 사투에 대한 보답으로 저에게 많은 판금과 보물을 주셨습니다. 그곳에는 노래와 흥겨움이 있었고 많은 것을 들어온 고령의 덴마크 왕께서는 옛날 이야기를 읊으셨습니다. 때때로 전투에 용맹하신 그분께서는 즐거움을 위해 기쁨의 나무판인 하프를 켜셨으며 때로는 슬픈 실화(實話)를 읊으셨습니다. 마음이 관대하신 그 왕께서는 기이한 이야기들을 정확히 노래하셨습니다. 나이에 얽매이신 고령의 전왕(戰王)께서는 때때로 젊은 시절의 무용을 애석해하셨습니다. 숱한 세월 속에 원숙하신 그분은 많은 것을 회상하시자 마음속에 뭉클함이 치솟았습니다. 그와 같이 저희들은 사람들에게 또다시 밤이 찾아올 때까지 홀 안에서 온종일 즐기고 있었습니다. 그러자 이번에는 그렌델의 어미가 신속히 복수를 기도했

으며 그녀는 슬픈 여행길에 접어들었습니다. 죽음, 예이츠인
2120 들의 증오심이 그 아들의 목숨을 앗아갔습니다. 그 무서운 여인은 잔혹하게 한 용사를 죽임으로써 자기 아들의 원수를 갚았습니다. 고령의 현명한 보좌관인 에쉬헤레의 생명이 그곳에서 그를 떠나갔습니다. 다음날 아침이 되자 덴마크인들은 죽임에 지친 그를 불에 태울 수도 없었으며 또한 사랑하는 그를 화장용 장작더미 위에 올려놓을 수도 없었으니 이는 그녀가 그 시체를 품에 안고 산 밑 물 속으로 데리고 갔기 때문이었습니다. 이것은 백성의 왕이신 흐로드가르에게 오랫동안 닥쳐왔던 많은 슬픔 중 가장 쓰라린 것이었습니다. 그러자 슬픔의 고통 속에 있던 왕께서는 히엘락 전하의 이름으로 물의 격동 속에서 영웅적 행위를 이루고 목숨을 걸어 영광스러운 업적을 성취해달라고 간청하시며 저에게 보답을 약속하셨습니다.

그리하여 저는 이제 잘 알려진 바대로 그 잔인하고 무서운 깊은 물 속의 수호자를 찾았습니다. 그곳에서 저희 둘은 잠시 동안 맨손으로 격투를 벌였습니다. 물은 피로 들끓었고
140 그 전투가 벌어진 홀에서 거대하고 위력 있는 칼로 그렌델 어미의 머리를 잘랐습니다. 저는 그곳으로부터 간신히 목숨을 보존할 수 있었습니다. 저는 그때 아직 죽을 운명이 아니었습니다. 그리하여 영웅들의 수호자이신 헤알프데인의 아들께서 또다시 많은 보물을 주셨습니다.

XXXI

2144 그리하여 그 백성의 왕께서는 사는 동안 좋은 관례를 지키셨습니다. 저는 힘의 대가인 그 보수를 조금도 포기하지 않았습니다.

헤알프데인의 아들께서는 제가 선택하는 보물들을 저에게 주셨습니다.

고귀한 왕이시여 저는 이것들을 전하께 가지고 와 선의로써 기꺼이 바치겠습니다. 제가 받을 수 있는 모든 호의는 여전히 전하께 달려 있습니다. 히옐락 전하시여, 저에게는 전하를 제외한 가까운 친척이 거의 없습니다."

그리고 베오울프는 산돼지 형상이 있는 거대한 군기, 전장에서 우뚝 솟아오르는 투구, 회색빛 쇠사슬 갑옷, 화려하게 장식된 전투용 검을 안으로 들여오라고 명했노라. 그리고 나서 그는 말을 이었노라.

"현명하신 통치자 흐로드가르 왕께서 이 전투 갑옷을 저에게 주셨습니다. 그분은 먼저 전하께 그 선물에 대해 말하라고 명하셨습니다. 덴마크의 지도자이신 헤오로가르 왕께서

2160 그것을 오랫동안 간직하셨다고 말씀하셨습니다. 그는 용맹스런 자기 아들 헤오로웨아르드가 그에게 충성하기는 했지만 그 흉부갑옷을 아들에게 주지 않았습니다. 이것을 잘 선

용하십시오!"

내가 듣기로 이 보물 뒤에 모양이 같은 네 필의 빠른 밤색 준마가 따라나왔다고 하노라. 베오울프는 히옐락 왕에게 네 필의 말들과 보물들을 선사했노라. 혈연자가 당연히 취해야 할 법도란 음흉한 간교 속에 다른 이에게 사악한 덫을 놓거나 절친한 친우들의 죽음을 기도해서는 안 된다는 것이니라. 조카인 베오울프는 격렬한 전쟁터에서 용맹한 히옐락 왕에게 매우 충성했으며 또한 서로가 상대방의 복리를 도모했노라. 내가 듣기로 왕가의 딸인 웨알데오우가 자기에게 준 놀랍고 진기한 보물인 그 목걸이를 왕후 히이드에게 주었으며 그외에 빛나는 안장이 놓인 온순한 세 필의 말도 주었다고 하노라. 목걸이를 받은 후 그녀의 가슴은 그것으로 치장되었노라. 전승의 명성을 지닌 에즈데오우의 아들 베오울프는 선행을 행함에 담대했고 명예롭게 행동했으며 술에 취해 절친한 동료 용사들을 살해한 적도 없었고 그의 마음은 난폭하지도 않았노라. 오히려 용맹스러운 그는 하나님이 관대한 선물로써 그에게 부여하신 인간이 지닐 수 있는 가장 강력한 힘을 잘 유지하였노라.

2180

그렇지만 그는 오랫동안 천대받았었노라. 예이츠인의 아들들은 그를 가치 있는 용사로 간주하지 않았고 예이츠의 군주도 주연석에서 그를 높이 존중하지 않았었노라. 그들은 그가 나태하고 보잘것없는 왕손(王孫)이라고 굳게 믿었었노라.

영광의 축복이 깃들인 그에게 모든 불운에 대한 생의 반전이 돌아왔노라. 그리고 영웅들의 수호자 전투에 유명한 히옐락 왕은 부친 흐레델의 금으로 장식된 가보를 가지고 들어오라고 명했노라. 그 당시 예이츠인들이 가진 검의 종류 중 이보다 더 훌륭한 것은 없었노라. 그는 그 검을 베오울프의 무릎에 놓았으며 또한 그에게 칠천 하이드의 토지와 홀, 그리고 귀한 직분도 주었노라. 히옐락과 베오울프 그 양자에게 세습 권한에 따라 내려온 그 나라의 땅이 공히 나눠졌는데 더 넓은 왕국은 지위가 더 높은 다른 이(히옐락 왕)에게 주어졌노라.

2200 후에 전쟁터의 격돌 속에서 다음과 같은 일이 발생했으니, 히옐락이 사망하고 맹렬한 투사인 스웨덴 용사들이 헤레릭의 조카인 헤아르드레드[13]를 맹렬히 공격하여 그의 승리의 국가에서 방패 밑으로 전투용 칼날들로써 그를 살해했고 그 후 그 넓은 왕국이 베오울프의 수중으로 들어왔노라.

그는 그 왕국을 오십 년 동안 잘 다스렸으며 그때 그는 그 땅의 현명한 고령의 수호자였노라. 그때 한 용이 어두운 밤에 통치하기 시작했으니 고산지 황야의 보고, 가파른 석조 무덤을 지키고 있었고 그 보고 밑으로 사람들에게 알려지지 않은 길이 나 있었노라. 이교도(용)의 보고가 있는 곳으로

13) 헤아르드레드: 히옐락과 히이드의 아들로서 어린 나이에 왕이 되어 베오울프의 도움으로 예이츠국을 다스림.

가까이 접근한 어떤 사람이 그 속으로 들어가 보석으로 빛나는 커다란 술병을 손에 집어들었노라.

비록 그 용은 잠자고 있는 중에 그 도둑의 간계에 속아넘어갔었지만 후에 그것이 손실된 사실을 그냥 넘기지 않았노라. 그리하여 주변 사람들은 그 용이 몹시 화가 났다는 것을 알게 되었노라.

XXXII

2221 그 용에게 심한 해를 끼친 그 도둑은 자의에 의해 그 용의 보고를 침입해 들어간 것이 결코 아니었노라. 어떤 용사의 아들들의 노예였던 그는 죄를 범한 후 절박한 상황에 의해 악의에 찬 응징을 피하기 위한 은신처를 찾지 못해 그 속으로 들어갔던 것이었노라. 동굴 속의 이방인인 그는 그 용을 본 순간 무서운 공포에 사로잡혔노라. 그러나 그 비참한 도피자는 그 무시무시한 용으로부터 도망쳤노라. 그가 무서움에 사로잡혀 도망갈 때 그는 귀중한 보물 술병을 가지고 갔노라. 그 땅속 굴집에는 그와 같은 많은 옛 보물들이 있었으니, 이것들은 옛날에 어떤 사람이 고귀한 종족의 귀중한 보물, 엄청난 유산을 그곳에 조심스럽게 숨겨두었던 것이었노라. 이전에 죽음이 그들을 데려가버렸으나 그 백성 중에 가

장 오래 살아남아 여전히 생존해 있는 한 노병, 그 보물의 감시자는 동료들의 죽음을 슬퍼하며 그들과 같은 운명을 예견하고 있었으니, 오랜 세월 속에 모은 그 보물들을 잠시밖에 즐길 수 없으리라는 것이었노라. 파도치는 해안가 평지에 단장된 한 무덤이 있었으니, 이는 그 바다의 갑(岬)에 새로이 마련된 것으로, 사람의 접근을 피할 수 있도록 교묘한 기술로 견고히 만들어져 있었노라. 금고리 감시인은 저장할 가치가 있는 귀한 보물들과 판금을 그 안으로 운반하고 짧은 애가를 읊었노라.

2240

"대지여, 이제 사람들이 귀인들의 재산을 보관할 수 없으리니 그대가 품고 있으라. 보라! 용감한 자들이 이것들을 처음 그대에게서 얻었노라. 전쟁터의 죽음, 무서운 생명의 파괴자인 죽음이 향연장의 즐거움을 누리고 이 세상을 하직한 내 종족의 모든 이를 데리고 갔노라. 나에게는 검을 휘두를 어떤 용사도 없으며 금장식의 술병, 귀중한 술잔을 닦을 자도 없노라. 용사들은 어디론가 사라졌노라. 금으로 장식된 견고한 투구의 판금이 떨어져나갈 것이며, 투구를 닦아야 할 자들도 자게 될 것이며, 또한 전투에서 방패가 파손된 후 검의 타격을 견뎌낸 쇠사슬 갑옷도 용사를 따라서 부패할 것이며, 고리로 엮어진 흉부갑옷도 용사들 옆에 동행하여 장수를 멀리 따라갈 수 없을 것이며, 하프의 즐거움도 없을 것이며 홀을 휘젓고 날아다니는 훌륭한 매도 없을 것이며 궁전 안뜰

2260

을 짓밟고 다니는 쾌마도 없을 것이니라. 사악한 죽음이 모든 살아 있는 자들을 휩쓸어갔노라."

그리하여 홀로 살아남은 그는 이러한 모든 것을 슬퍼하며 마침내 죽음의 급류가 그의 가슴을 덮칠 때까지 기쁨을 잃은 채 밤낮으로 지내며 한탄했노라. 그 늙은 밤의 강탈자(용)는 그 기쁨의 보고가 열려 있는 것을 알았노라. 지상의 거주자들은 알몸으로 화염에 싸여 불을 토하며 밤 속을 비행하여 무덤을 찾는 그 사악한 용을 몹시 두려워했노라. 그는 땅속의 보물을 기필코 찾아야만 했노라. 그곳에서 그는 세월의 연륜으로 이 방의 황금을 감시해야 했으나 그렇게 한다 한들 더 나을 것이 없었노라. 그와 같이 백성의 파괴자인 그 용은 마침내 어떤 이가 그의 가슴에 화를 치밀어오르게 할 때까지 한 거대한 보물 창고를 땅속에서 삼백 년 동안이나 간직하고 있었노라.

2280

그는 그 금장식의 술병을 자기 주인에게 가지고 가서 그 주인과 화해 협정을 맺자고 간청했노라. 그리고 보고는 약탈당하였고 그 보물 창고의 보물들이 밖으로 옮겨졌노라. 그 가련한 자의 소원이 성취되었고 그 주인은 처음으로 사람의 솜씨인 그 옛 작품을 쳐다보았노라. 그리고 그 용은 잠에서 깨어났고 싸움은 다시 시작되었노라. 그 잔혹한 용은 바위 위를 활주하듯이 나아가 원수의 발자국을 찾아내었노라. 그 침입자는 은밀한 술수로 그곳에 잠입하여 그 용의 머리에 너무 가까이 접근했던 것이었노라. 그런즉 아직 죽을 운명이 되지 않은 자로서 하나님의 호의를 받은 자는 슬픔과 추방의 비통함을 쉽게 이겨낼 수 있을 것이니라. 그 보고서의 감시자는 그가 자고 있는 동안에 자기에게 해를 끼친 그자를 찾기 위해 땅 위를 열심히 살폈고, 화가 치밀어 난폭해진 그 용은 무덤 밖 주위를 몇 번이고 돌아다녔노라. 그 황무지에는 아무도 없었지만 그는 싸우는 일, 전투에 대한 생각으로 스릴을 느끼고 있었노라. 때때로 그는 무덤으로 돌아가서 그

2300 보물 술병을 찾아보았노라. 그는 곧바로 어떤 자가 그 고귀한 보물, 그 황금에 손을 댔다는 것을 알게 되었노라. 보물의 감시자는 저녁이 될 때까지 고통스럽게 기다렸노라.

화가 치민 무덤의 감시자, 그 가증스러운 적은 귀중한 술병의 분실을 화염으로 보복하고자 했노라. 낮이 지나가자 용은 기뻐했고 그는 무덤벽에서 더 이상 기다리지 않고 화염을 내뿜으며 앞으로 나아갔노라. 그 시작은 그 땅의 사람들에게 무서운 것이었고 그 신속한 종말이 보물의 분배자인 베오울프 왕에게 슬프게 닥쳐왔노라.

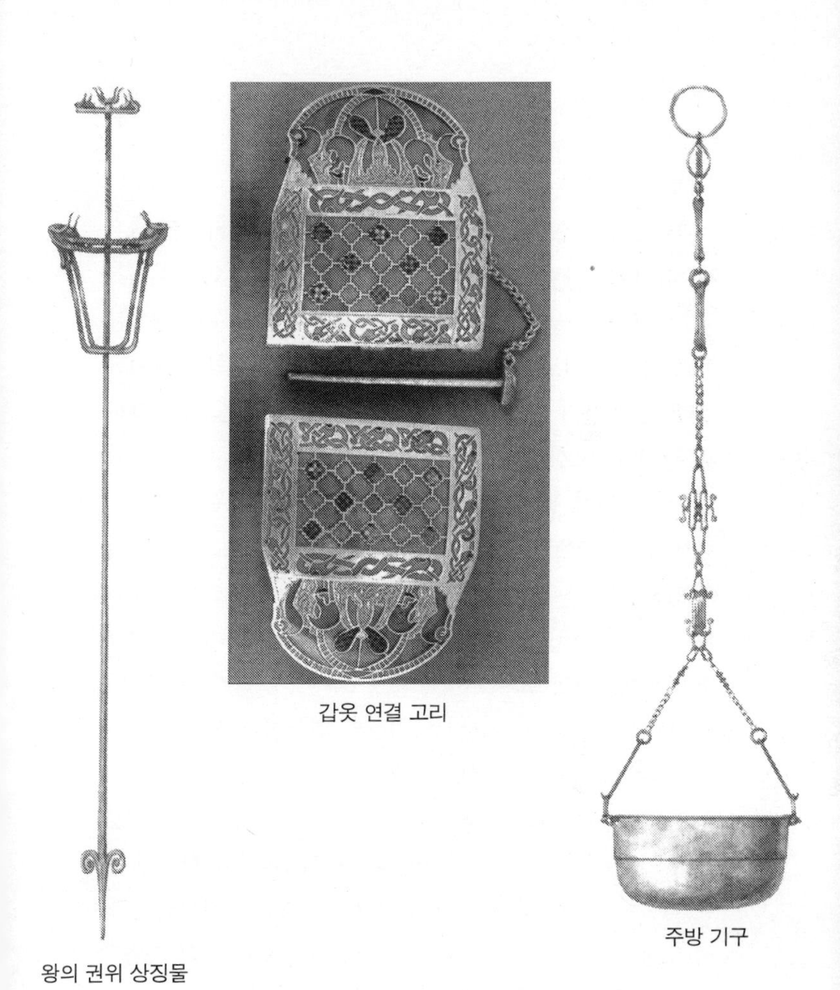

갑옷 연결 고리

주방 기구

왕의 권위 상징물

작품의 배경이 되는 시기의 장식류 및 생활 용품 소품

XXXIII

2312 그리고 그 악귀는 화염을 내뿜으며 빛나는 거처들을 태우기 시작했고 사람이 보기에도 무서운 불길이 타오르며 위로 치솟았노라. 하늘을 나는 그 가증스러운 용은 그곳에 생명체라고는 어느 것도 남기려 하지 않았노라. 그 용의 전투력은 널리 먼 곳까지 알려졌으며 잔혹한 악의를 품은 그 전쟁의 파괴자가 증오심에 차서 어떻게 예이츠 백성을 해쳤는가를 인근 도처에서 볼 수 있었노라. 그는 동이 트기 전에 서둘러
2320 자기의 보고, 은밀한 곳에 있는 그 장중한 거처로 서둘러 돌아갔노라. 그는 그 땅의 거주자들을 화염, 타오르는 불길로써 둘러쌌노라. 그는 지하 무덤과 그 벽, 그리고 자신의 전투력을 신뢰했지만 그의 기대는 어긋났노라. 그러자 자신의 거처, 예이츠국의 왕좌가 있는 최상의 건물이 타오르는 불길 속에서 녹고 있다는 무서운 일이 베오울프 왕에게 사실대로 신속히 알려졌노라. 그것은 그 영웅에게 있어 심적 고통이었으며 가장 참기 어려운 마음의 슬픔이었노라. 그 현명한 자는 자신이 옛 법도를 어겨서 영원한 통치자이신 하나님을 심히 노엽게 했다고 생각하였노라. 평상시와 달리 그의 가슴속에서는 어두운 생각들이 끓어올랐노라. 화염을 토하는 그 용은 백성들의 성채, 해안가의 육지, 견고한 요새들을 불로써

파괴시켰노라. 예이츠의 군주, 호전적인 왕 베오울프는 이에 대한 복수를 그에게 계획하고 있었으니, 그리하여 이 용사들의 수호자인 귀인들의 군주는 모두 철로 된 진기한 전투용 방패를 만들라고 명령했노라. 참피나무로 만들어진 방패는 화염에 맞서야 하는 그에게 도움이 되지 못하리라는 것을 잘 알고 있었노라. 덕망을 갖추신 뛰어난 군주께서는 빌려온 세월의 마지막, 지상에서의 인생의 종말을 기다려야 할 운명이 되었노라.

2340

그리고 그 용 또한 저장된 보화를 오랫동안 간직해왔지만 마지막 때를 맞이해야만 했노라. 금고리를 하사하시는 군주 베오울프는 병력, 대군을 이끌고 그 원거리 비행자를 공격한다는 것을 수치스럽게 생각했노라. 그는 격투를 두려워하지 않았으며 그 용의 전투력, 힘 그리고 용기를 대수롭지 않게 여겼으니, 이는 승리의 축복을 받은 그가 흐로드가르의 궁궐을 정화하고 그 가증스러운 종족인 그렌델의 혈족들을 격투에서 박멸하였으며, 이후에도 전투의 격돌과 목숨을 건 위험한 많은 전투를 이미 거쳐왔기 때문이었노라. 히옐락 왕이 살해되었던 그 접전(接戰)은 결코 하찮은 전투가 아니었노라. 그 전투에서 예이츠의 왕, 백성들의 친구이자 군주인 흐레델의 아들(히옐락)은 프리즐랜드에서 벌어진 전쟁의 맹공 속에 피에 굶주린 칼에 맞아 전사했노라. 그리고 베오울프는 자신의 힘, 자신의 수영 실력을 발휘하여 그곳으로부터 빠져

2360 나왔노라. 그가 바다에 뛰어들었을 때 그는 서른 명 용사분의 전의를 팔에 지니고 있었노라. 헤트와레인들은 그와의 접전을 기뻐할 하등의 이유가 없었으니, 그들은 참피나무 방패를 들고 그에게 대항하여 나아갔으나 그 용사로부터 살아남아 집으로 돌아간 자는 거의 없었노라. 그리하여 에즈데오우의 아들은 고독과 비참함 속에 광활한 바다를 헤엄쳐 자기 백성에게 돌아갔노라. 고국에서 히이드는 그에게 보화와 왕국, 금고리와 왕좌를 제의했노라. 그녀는 히옐락이 작고한 상태에서 자기 아들이 외세의 군대에 대항하여 선조의 옥좌를 지킬 수 있으리라고 믿지 않았노라.

그럼에도 불구하고 군주를 잃은 그 비참한 자들은 어떠한 방식으로도 고귀한 베오울프로 하여금 헤아르드레드의 군주가 되어 왕권을 수락하도록 할 수 없었노라. 그렇지만 베오울프는 헤아르드레드가 장성하여 예이츠 백성을 다스릴 때까지 백성들 가운데 그를 친절한 조언과 선의와 경의로써 받들었노라. 추방되었던 오흐트헤레의 아들들이 바다 건너 헤
2380 아르드레드 왕을 찾아왔노라. 그들은 쉴핑국의 수호자, 스웨덴 왕국에서 보물을 분배하는 바다의 왕들 중 가장 뛰어나고 유명한 그 군주 오넬라[14]에게 반기를 들었노라.

---

14) 오넬라: 형인 스웨덴국의 왕 오흐트헤레가 죽자 왕권을 장악하고 두 조카 에안문드와 에아드길즈를 추방시킴. 예이츠의 왕 헤아르드레드는 이 두 왕자에게 피난처를 제공하여 오넬라에게 살해당함. 후에 에

이로 인하여 헤아르드레드 왕에게 종말이 닥쳐왔으니 히옐락의 아들인 그는 그들에 대한 호의로 말미암아 검에 맞아 치명상을 입게 되었노라. 그리고 헤아르드레드가 죽은 후 온겐데오우의 아들 오넬라는 고국을 찾아 돌아갔고 베오울프로 하여금 왕권을 이어받아 예이츠인들을 다스리게 하였노라. 그는 훌륭한 왕이었노라.

XXXIV

2391 나중에 베오울프는 군주의 죽음에 대한 복수를 잊지 않았노라. 그는 오흐트헤레의 아들인 에아드길즈의 친구가 되었으며 넓은 바다 건너 무기와 용사로써 그를 지원했노라. 그리하여 에아드길즈는 슬픔을 안겨다주는 비정한 공격으로 오넬라 왕에게 복수하여 그의 생명을 빼앗았노라.

그리하여 에즈데오우의 아들은 그 용과 싸우게 되어야 하는 그날까지 모든 전쟁, 잔인한 격투, 무용의 시련을 다 이겨내었노라. 그리고 화가 치민 예이츠의 군주(베오울프)는 열

2400 두 명 중의 한 사람으로서 다른 열한 명의 용사와 함께 그 용을 대항하기 위해 나섰노라. 그리고 그는 사람들에게 극심한

아드길즈는 베오울프의 도움으로 삼촌인 오넬라를 살해한다.

재앙을 불러온 그 불화가 어떻게 해서 일어나게 되었는지를 들어서 알게 되었노라. 그 유명한 보물 술병은 그 밀고자의 손을 거쳐 베오울프의 수중에 들어가게 되었노라. 이 분쟁을 맨 처음 일으켰던 장본인은 무리 중 열세번째 사람으로서, 슬픔과 낙담 속에 싸였던 그 노예는 그곳에서 용의 거처가 있는 곳을 안내했어야만 했노라. 그는 본의 아니게 그가 홀로 알고 있는 그 지하홀, 파도치는 바다 가까이에 있는 땅 밑 무덤으로 갔노라.

무덤 속은 수많은 장식물과 금세공품으로 가득 차 있었노라. 땅속에서 늙은 그 무시무시한 감시자는 전투 태세를 갖추고 황금보물들을 지키고 있었노라. 그것은 누구를 막론하고 쉽게 획득할 수 있는 물건이 아니었노라. 그리고 전투에 용맹한 그 왕은 해안 가의 갑(岬)에 앉았노라. 그곳에서 황금의 하사자이고 예이츠의 군주인 그는 자신의 절친한 동료들에게 안녕을 고했노라. 그의 마음은 슬펐고 불안했으며 죽을 각오가 되어 있었노라. 그 고령의 왕이 맞이해야만 하는 운명은 그에게 바짝 다가와 영혼의 보고를 찾아 육신에서 그의 생명을 떼어놓으려 했노라. 이제 군주의 생명은 육체에 오랫동안 묶여 있을 수가 없었노라. 에즈데오우의 아들 베오울프는 말했노라.

2420

"나는 젊었을 때 많은 전쟁의 격돌, 분쟁의 시기를 이겨냈노라. 나는 이 모든 것을 기억하노라. 내가 일곱 살 때 보물의 왕, 다정하신 백성의 군주 흐레델께서 나를 나의 부친으로부터 데려갔노라. 그리하여 흐레델 왕께서는 우리의 혈족 관계를 잊지 않으시고 나를 맡아서 양육하시며 보물을 하사하시고 잔치도 베풀어주셨노라. 나는 그의 성채에 거하는 자로서 그의 생전에 그의 아들들인 헤레베알드와 헤드킨[15] 또한 나의 군주 히옐락보다도 더 미운 자가 결코 아니었노라. 한 혈연자의 잘못된 실수로 맏아들 헤레베알드를 위한 죽음의 침상이 마련되었으니, 이는 헤드킨이 그의 친구이자 군주를 뿔로 만든 활의 화살로 쓰러뜨렸음이니라. 한 형제가 과녁을 잘못 맞춰 그의 인척인 다른 형제를 잔혹한 화살로 쏘았던 것이었노라.

2440 그것은 돈으로 보상할 수 없는 살상이었고 가증한 죄악이었으며 마음을 지치게 하는 심적 부담이었노라. 그렇지만 그 왕자는 원수를 갚지 못하고 생명을 마감할 수밖에 없었노라.

마찬가지로 자신의 젊은 아들이 교수대에 매달린다는 것은 노인에게 있어 참기 어려운 슬픔이니라. 그의 아들은 목이 매달려 까마귀의 기쁨이 되고 경험이 많은 고령의 그는 자신의 아들을 도울 수 없다는 것을 알고 슬픔을 고하는 비가를 읊게 되노라.

그는 매일 아침이면 미지의 세계로 떠난 아들을 늘 상기하

15) 헤드킨: 예이츠국의 왕 흐레델의 아들로서 실수로 형인 헤레베알드를 살해함. 후에 스웨덴 왕 온겐데오우의 군대에 살해됨.

노라. 그는 아들이 당한 피할 수 없는 죽음을 통하여 그 비극적 행위를 깊이 생각하며 자신의 궁궐에서 또 다른 상속자를 기대하지 않노라.

그는 슬픔에 잠겨 자기 아들의 처소, 황량해진 향연장, 기쁨이 사라지고 바람이 휘몰아치는 휴식처를 바라보노라. 말을 몰았던 영웅들은 무덤 속에 잠들어 있고 예전과 달리 하프 소리도 들리지 않으며 궁중에서의 환락도 찾아볼 수 없노라.

XXXV

2460 그리고 그는 침상으로 가서 죽은 이들을 위해 슬픔의 노래를 부르노라. 들판이나 거주지 할 것 없이 모든 것이 그에게 광활하게 느껴지노라.

이와 같이, 예이츠의 수호자는 헤레베알드로 인하여 가슴 속에 끓어오르는 슬픔을 견뎌야만 했노라. 그는 어떤 방식으로도 그 살해자에게 분쟁에 대한 원수를 갚을 수 없었노라. 비록 그가 헤드킨을 좋아하지 않았지만 그렇다고 적대 행위로써 그 용사에게 증오심을 보일 수는 없었노라.

그리하여 그는 그에게 들이닥친 참을 수 없는 슬픔으로 사람과의 기쁨을 저버리고 하나님의 빛을 택했노라. 그가 이 세상을 떠날 때 풍족한 자들이 그러하듯이 토지와 백성들의 요새를 그의 아들들에게 물려줬노라.

그리고 흐레델이 죽자 넓은 바다 건너 스웨덴인과 예이츠인들 사이에 악행과 분쟁, 악의에 찬 상호간의 싸움이 있었노라.

용감하고 호전적인 온겐데오우의 아들들인 오넬라와 오흐트헤레는 바다 건너 예이츠인들과 화친을 구하려 하지 않고, 흐레오즈나베오르흐 부근에서 가끔 끔찍하고 악의에 찬 살상을 감행했노라.

2480 잘 알려진 바와 같이 나의 혈족이며 친구들인 헤드킨과 히옐락은 그 분쟁과 악행에 대한 복수를 했노라. 그렇지만 그들 중 하나인 헤드킨은 자신의 목숨으로 그 값비싼 흥정에 대한 대가를 치렀노라. 예이츠의 군주 헤드킨에게 그 투쟁은 치명적이었노라.

내가 듣기로 다음날 아침에 온겐데오우가 에오보르를 공격했을 때 한 혈연자(히옐락)가 검은 날로 그 살해자에게 다른 혈연자(헤드킨)의 원수를 갚았다고 하노라. 전투용 투구는 깨지고 고령의 스웨덴인 온겐데오우는 칼에 맞아 창백하게 쓰러졌다고 하노라. 많은 잔혹 행위를 기억하는 그 손은 죽음의 일격을 가하지 않을 수 없었노라. 나는 히옐락 왕이 나에게 하사하신 보물에 대한 답례를 운명의 허락에 의해 나의 빛나는 검으로 전투에서 보답하였노라.

그는 나에게 땅과 거처를 주셔서 고국에 거하는 즐거움을 갖게 하셨노라.

그는 기프다스나 덴마크 또는 스웨덴 영토에서 열등한 용사를 보물을 주고 사거나 구할 하등의 필요가 없었노라.

나는 항상 그의 전진하는 군대 앞에서 홀로 선두에 서 나아가고 싶어했으며 예나 지금이나 나를 자주 도왔던 이 검이 영속하는 한, 전투에 임할 것이니라.

2500 이후 나는 용사들의 면전에서 프랑크인의 대장인 데이흐레븐을 손으로 죽였노라. 데이흐레븐은 전쟁 장비, 흉부 장식물을 결코 프리즐랜드 왕에게 가져갈 수 없었으니, 이는 군기의 수호자인 용맹스러운 그 용사가 전장에서 쓰러졌기 때문이었노라. 그를 살해한 것은 칼날이 아니었고 나의 호전적인 악력(握力)이 그의 심장의 고동, 뼈가 거하는 육신을 부수었던 것이었노라.

이제 칼날과 손 그리고 견고한 검이 그 보고를 위해 싸울 것이니라."

베오울프는 마지막으로 영웅적인 맹세를 토하였노라.

"나는 젊은 시절 위험을 무릅쓰고 많은 전투에 참여했노라. 만일 그 악행자가 땅속 굴에서 나와 나를 공격한다면 백성의 수호자인 고령의 나는 여전히 지금도 그 싸움에 대항해서 명예를 얻을 것이니라."

그리고 그는 마지막으로 모든 투구를 쓴 용감한 용사들,

자신의 다정한 동료들에게 작별 인사를 했노라.

"만일 내가 옛날에 그렌델과 했던 것처럼 나의 자랑스러운 맹세를 이루기 위해 어떤 방법으로든 그 괴물과 맞붙어 싸울 수만 있다면 그 용에 대항하여 나는 무기로써 검을 가져가지 않겠노라. 그러나 나는 뜨거운 전투의 불길, 유독한 입김을 예측하여 방패와 흉부갑옷을 갖추고 가겠노라. 나는 그 무덤의 감시자로부터 한 발짝도 물러서지 않을 것이며, 오히려 모든 인간의 통치자인 운명의 결정에 따라 동굴 무덤벽에서 우리 둘 사이에 결판이 벌어질 것이니라.

520

나의 마음은 격투에 임할 열정에 차 있으니 그 호전적인 비행자(飛行者)와의 싸움에 대한 나의 자랑을 그만두겠노라. 전의, 쇠사슬 흉부갑옷으로 몸을 보호한 자네들은 무덤 위에서 기다리라. 그리하여 우리들 중 그 치명적인 격투 후의 상처를 누가 더 잘 견뎌내는지 살펴보라.

그 괴물과 힘을 겨루어 영웅적 업적을 이루는 것은 그대들의 몫이 아니며 나를 제외한 다른 사람의 힘으로 되는 것도 아니니라.

나는 나의 기백으로 황금을 획득하겠노라. 그렇지 않으면 격투, 무서운 생명의 파괴자가 그대들의 군주를 빼앗아갈 것이니라."

투구 아래로 비장한 각오를 발하는 그 대담한 용사는 방패에 기대어 몸을 일으킨 후 쇠사슬 흉부갑옷을 입은 채 바위

2540 절벽 아래로 갔노라. 그는 단 한 사람, 자기 자신의 힘에 의존했노라. 이와 같은 일은 겁쟁이에게서 볼 수 있는 것이 아니니라.

그때 군사들이 격돌하는 수많은 전투와 전쟁터의 충돌을 견뎌낸 뛰어난 덕망을 지닌 그는 동굴벽 옆에 서 있는 아치형의 석조문과 동굴로부터의 물줄기가 그곳을 통하여 거세게 흘러나오는 것을 보았노라.

터져나오는 물줄기는 용이 뿜어대는 치명적인 불 때문에 뜨거웠노라. 그 어느 누구도 용의 불길로 인해 보고 근처의 우묵한 곳에서 타지 않고 잠시도 견뎌낼 수 없었노라.

예이츠의 군주는 화가 치밀어 가슴속의 말을 토해냈노라. 강인한 마음의 소유자인 그가 고함을 지르자 전쟁터를 크게 진동시키는 그의 목소리는 회색 바위 밑으로 크게 울려퍼졌노라. 증오심에 불탄 그 보고의 감시자는 사람의 목소리를 알아차렸노라. 이제 화해를 간청할 시간적 여유가 없었노라.

먼저 그 괴물의 숨, 뜨겁고 결력한 입김이 바위 밖으로 나
2560 왔고, 땅이 진동했노라. 무덤 안에 있는 예이츠의 군주, 그 용사는 그의 방패를 그 무서운 방문객 쪽으로 들어올렸노라.

그러자 둥그렇게 말아올린 모습을 한 그 짐승은 마음이 부추겨져 싸움에 임하게 되었노라. 전투에 용맹한 그 왕은 옛 가보인, 칼날이 무디지 않은 검을 이미 뽑았노라.

악의를 품은 그들은 서로가 상대방에게 공포의 대상이었

노라.

대담한 친우들의 군주는 무장을 한 채, 굳센 결의로써 용이 신속히 몸을 틀고 있는 동안 높은 방패를 들고 서서 기다리고 있었노라.

그러자 그 용은 불길 속에 몸을 휘감으며 그의 운명을 향해 황급히 활주해갔노라.

그의 방패는 그 유명한 군주가 마음으로 바라는 만큼에 미치지 못하는 짧은 시간 동안만 그의 생명과 육신을 보호했노라. 그는 생애 처음으로 운명이 그에게 허락하지 않는 전투의 승리를 위해 싸워야 했노라.

예이츠의 군주는 손을 쳐들어 거대한 옛 검으로 형형색색으로 무서운 모습을 발하는 괴물을 내리쳤으나, 그 빛나는 검은 괴물의 뼈에서 성공을 거두지 못했노라. 그 검은 심한 곤경에 처해 있는 그 백성의 왕이 필요로 했던 것보다 덜 세게 내리쳐진 것이었노라.

580 그러자 그 동굴의 감시자는 그 격투의 타격을 받은 후 마음이 난폭해져서 살인적인 불꽃을 뿜어냈고 그 투쟁의 불꽃은 멀리까지 뻗어나갔노라. 보물을 하사하는 예이츠의 군주는 영광스러운 승리를 자랑할 수 없었으니 격전장의 칼집에서 빼어진, 예로부터 훌륭한 그 전투용 칼은 효력을 발휘하지 못했노라. 그것은 결코 있을 수 없는 일이었노라.

에즈데오우의 유명한 아들이 이 땅을 포기하여 떠나는 것은 쉬운 여행이 아니었노라. 모든 이들이 그들에게 빌려진 날들을 포기해야만 하는 것처럼 그는 자신의 의사에 반해 다른 곳에 거주해야만 했노라.

얼마 지나지 않아 이들 무서운 적수들은 다시 서로 대항하게 되었노라. 그 보고의 감시자는 용기를 내었고 숨을 들이쉰 그의 가슴은 새롭게 부풀어올랐노라. 백성을 다스렸던 베오울프는 불길에 휩싸여 심한 고통을 당해야만 했노라. 귀인의 아들들인 그의 절친한 동료들은 전투에 임할 기백으로 무리를 지어 그의 주변에 서 있으려 들지 않고 그들의 목숨을 보존하기 위해 숲속으로 피신했노라.

그들 중 한 사람의 마음이 슬픔으로 들끓었노라.

올바르게 생각하는 자라면 어떠한 상황에서도 혈족 관계의 맹약을 저버려서는 안 되느니라.

XXXVI

2602 방패를 든 그 고귀한 용사는 위글라프라고 불렸으며 그는 웨오흐스탄의 아들로서, 스웨덴의 귀족인 엘프헤레의 친척이었노라. 그는 면갑을 쓰고 있는 그의 군주가 열기로 인해 고통당하고 있는 것을 목격했노라.

그는 옛날에 베오울프 왕이 자기에게 부여했던 명예와 웨이문딩그[16]의 부유한 거주지, 부친이 소유했던 공유지에 대한 모든 권한을 상기했을 때 참을 수 없게 되어, 노란 참피나무 방패를 붙들고 보검을 뺐노라. 그 검은 사람들 사이에 오흐트헤레의 아들 에안문드의 유물로 알려졌노라.

웨오흐스탄은 동료 없는 망명자 에안문드를 전투에서 칼로 살해하였고, 빛나는 투구, 고리로 엮어진 흉부갑옷, 또한 거인이 만든 고검을 에안문드의 혈족인 오넬라에게 갖다 주었노라. 오넬라는 그 검과 자기의 혈족인 에안문드의 전투복과 준비된 무구(武具)를 그에게 다시 주었노라. 비록 웨오흐스탄이 자기 형의 아들을 살해했지만 오넬라는 그 불화에 대해 언급하지 않았노라.

2620 그리하여 웨오흐스탄은 자신의 아들 위글라프가 그의 나이든 부친이 했던 것처럼 영웅적 업적을 성취할 수 있을 때까지 장신구, 검과 쇠사슬 흉부갑옷을 오랫동안 간직했노라. 그가 나이들어 이 세상을 하직하여 또 다른 길로의 여행을 했을 때, 그는 예이츠인 중 위글라프에게 모든 종류의 수많은 전투복을 주었노라.

젊은 용사 위글라프가 자기의 고귀한 군주와 함께 전투의 풍랑 속에 뛰어들어야 하는 것은 이번이 처음이었노라. 그의

---

16) 웨이문딩그: 베오울프, 위글라프, 웨오흐스탄(위글라프의 부친)이 속한 종족으로서, 결혼에 의해 예이츠 왕실과 관계되었으리라 보여짐.

정신은 약해지지 않았으며 그의 부친의 유물인 검 또한 격투에서 실패하지 않았노라. 그 용은 그들이 서로 대항했을 때 그것을 알게 되었노라.

위글라프는 동료들에게 당당히 진실한 많은 말들을 했노라. 그의 마음은 슬펐노라.

"나는 우리들이 그곳에서 술을 마시던 때를 생각하오. 그때 우리는 이러한 금고리들을 우리에게 하사해주신 우리의 군주에게 맹세하기를, 만일 그분에게 이와 같은 필요한 때가 닥친다면 우리들은 전쟁 장비, 투구와 견고한 검에 대해 보답하겠다고 했었소. 그분은 이 모험을 위해 우리들을 친히 선발하셨고 우리들을 명예롭게 여기셨소. 그리고 나에게 이러한 보물들을 주셨으니 그분은 우리들을 뛰어난 투사, 투구를 쓴 용맹스러운 무사로 간주하셨음이오. 그분은 사람들 중에서 가장 위대한 업적, 용감한 일을 이루셨기 때문에 우리의 군주, 백성의 수호자이신 그분께서는 홀로 이 용맹스러운 일을 성취하고자 작정하셨소.

2640

이제 때가 되었으니 우리들의 군주께서 훌륭한 용사들의 힘을 필요로 하시게 되는 그날이 왔소. 무서운 불의 열기가 지속될 때, 가서 전장의 통솔자이신 우리 군주를 도웁시다. 화염이 자비로우신 군주와 나를 에워싸게 되는 것이 나에게는 차라리 더 합당한 일이라는 것을 하나님은 알고 계시오.

우리가 먼저 원수를 꺾지 못하고 예이츠 군주의 생명을 방어하지 못한 채 방패를 들고 다시 집으로 돌아간다는 것은 올바른 일이라 생각지 않소. 나는 그가 예이츠의 용사들 중에서 홀로 고통을 겪고 전투에서 쓰러져야 한다는 것이 그의 옛 행적에 대한 당연한 보상이 아니라는 것을 잘 아오.

검과 투구, 쇠사슬 흉부갑옷, 그리고 전투복이 우리들 양자간에 공유되어져야 하오."

2660

그리고 그는 투구를 쓰고 치명적인 열기를 뚫으며 그의 군주를 돕기 위해 나아가 몇 마디 말을 했노라.

"경애하는 베오울프 왕이시여, 명예가 실추되지 않도록 하시겠다던 옛적 젊은 시절의 말씀처럼 모든 일을 선처해가시기를 바랍니다. 결의가 굳으신 군주시여, 유명한 업적을 쌓으신 이여, 전력을 다하여 생명을 보호하소서, 전하를 도와드리겠나이다."

이 말이 끝나자, 그 무섭고 난폭한 괴물은 약이 올라 타오르는 불길로 광휘를 발하며 적들, 미운 인간들을 찾아서 또 다시 공격해왔노라.

불길이 파도처럼 넘쳐흘러 방패의 중심부 돌기까지 태워버렸으며 흉부갑옷은 그 젊은 용사에게 도움이 되지 못했노라. 그러나 그 젊은 용사는 자신의 방패가 화염에 타버리자 자기의 혈연자(베오울프)의 방패 뒤에서 용감히 나아갔노라. 그러자 그 전왕(戰王)은 다시 그의 명성을 상기하여 그의 전검(戰劍)으로 온 힘을 다해 내리쳤노라. 그 검은 맹렬한 힘에 의해 난폭하게 머리에 박히게 되었노라.

2680 베오울프의 칼, 회색빛을 발하는 고검 네일링은 부러졌고 격투에 실패했노라. 그 칼날은 전투에서 그를 돕지 못하게 되어 있었노라.

그 내리치는 손의 힘이 너무 강했으므로, 내가 듣기에 모든 칼날, 전쟁의 상처로 단단해진 무기도 그가 치면 그 충격을 견뎌내지 못하여 그에게 도움을 주지 못했다고 하노라.

그러자 백성의 파괴자, 그 무시무시한 화룡(火龍)은 세번째의 격투를 다짐하고자 기회가 왔을 때, 그 유명한 베오울프에게 덤벼들었노라. 싸움에 난폭한 그 뜨겁게 달아오른 짐승은 날카로운 엄니로써 그의 온 목을 꽉 죄었노라. 그는 생명의 피로 흥건히 젖었으며, 피가 물줄기처럼 세차게 뿜어나왔노라.

XXXVII

2695 그리고 내가 들은 바에 의하면 백성의 왕이 다급한 때에 그의 옆에 있던 영웅 위글라프가 그의 타고난 기질에 의해 용기와 힘 그리고 대담함을 보였다고 하노라. 그는 그 용의 머리를 겨누지 않았으나 그가 자기의 혈연자를 도왔을 때, 그 용감한 자의 손은 불길에 데어 화상을 입었노라. 그 무장

한 용사가 그 사악한 괴물의 머리보다 약간 아래를 내리치자
2700 그 반짝이는 황금 장식의 칼이 몸 속으로 들어갔으며 그러자
용의 불길이 사그라지기 시작했노라.

여전히 의식을 통제하고 있는 그는 흉부갑옷 위에 차고 있는 매섭고 날카로운 전투용 단검을 빼들었노라. 예이츠의 수호자는 용의 중심부를 찔렀고 그리하여 그들은 그 적을 쓰러뜨렸노라. 그들의 무용이 용의 생명을 몰아냈으니 두 고귀한 혈연자가 그 용을 처치했던 것이었노라. 이것이야말로 필요한 때에 용사가 신하로서 취해야 할 행동이니라.

그것은 그 군주에게 있어 자신의 행위로써 이 세상에서 성취할 수 있는 마지막 승리의 순간이었노라.

그때 동굴 속 용이 이전에 베오울프에게 입혔던 상처가 화끈거리며 부어오르기 시작했노라. 그는 즉시 체내의 독, 치명적인 독기가 가슴속에서 끓어오르는 것을 느꼈노라. 그리고 생각이 현명한 그 군주는 나아가 동굴벽 근처에 자리를 잡고 앉았노라. 그는 거인들의 작품을 보았노라. 그 오래된 땅속 동굴이 기둥 위에 견고히 얹혀 있는 그 안의 석조 궁형문을 어떻게 지탱하고 있는가를 바라보았노라.

더할 나위 없이 훌륭한 용사 위글라프는 자기 손으로 격투
720 에 지친 피투성이가 된 유명한 군주, 왕의 몸을 물로 적시고
어깨 투구를 벗겼노라.

몸의 상처, 치명적인 부상에도 불구하고 베오울프는 장엄

한 어조로 말했노라. 그는 지상에서의 기쁨, 그의 생의 날들이 다 소멸되었다는 것을 잘 알고 있었노라. 그의 날들의 계수(計數)가 다 되었고 죽음이 절박하게 임했노라.

"내 뒤를 이을 내 몸에 속한 상속자가 주어졌다면 나는 나의 전의(戰衣)를 그 아들에게 물려주고 싶노라.

나는 이 백성을 오십 년 동안 다스려왔노라. 주변에 있는 어느 백성의 왕도 용사들을 이끌고 감히 나를 공격하여 공포로 위협하지 못했노라. 나는 내 영토에서 운명의 정해진 때를 기다렸고 내 것을 잘 지켰으며, 반역적인 싸움도 기도치 않았고, 어떤 부당한 맹세도 하지 않았노라. 나는 치명적인 상처로 심히 고통스럽지만 이 모든 일에 마음이 즐거운 것은, 인간의 통치자께서 내 생명이 나의 몸을 떠날 때, 친족 살해에 대해 나를 책망하실 일이 없기 때문이니라.

2740

사랑하는 위글라프여, 이제 그 용은 보물을 빼앗기고 심한 상처를 입은 채 영원히 잠들어 누워 있으니 그대는 지금 속히 가서 회색 바위 밑에 있는 보물을 살펴보게.

급히 서두르게. 그러면 나는 그 옛 보물, 황금의 보고를 볼 수 있을 것이며 빛을 발하는 정교한 보석들을 명확히 살펴볼 수 있으리라. 그리하여 이 막대한 재물로 인해 내가 오랫동안 다스려왔던 나라와 나의 생명을 더욱 평온한 마음으로 떠날 수 있을 것이니라."

XXXVIII

2752 내가 듣건대, 웨오흐스탄의 아들은 전투의 부상으로 앓고 있는 그 군주의 말에 즉시 복종하여 고리로 만든 흉부갑옷, 엮어 만든 전투복을 입고 그 무덤의 지붕 밑으로 갔다고 하노라.

그리고 승리로 의기양양해진 용명한 그 젊은 신하는 무덤 속의 의자 옆을 지나면서 수많은 귀중한 보석들, 땅 위에서 2760 반짝이는 황금, 벽에 있는 기이한 것들, 그리고 밤의 비행자인 늙은 용의 소굴, 그곳에 세워져 있는 술잔들, 장식물들이 떨어져나가고 닦아줄 사람이 없는 옛 사람들의 용기들을 보았노라.

그곳에는 오래되고 녹슨 많은 투구들과 정교히 꼬인 많은 팔찌들이 있었노라. 보물, 땅바닥의 황금은 쉽사리 사람의 마음을 무너뜨릴 것이니 숨길 자는 숨겨볼지어다.

그는 또한 모두 금으로 된 기(旗), 손으로 짠 것들 중, 가장 경이로운 수공품인 그 기가 보물들 위로 높이 걸려 있는 것을 보았노라. 그 기에서 빛이 발산되어 그는 땅바닥을 볼 수 있었고 보물들을 살펴볼 수 있었노라.

그곳에 용의 흔적은 찾아볼 수 없었으니 이는 검이 그를 처치했기 때문이었음이라. 또한 내가 듣기로 어떤 사람이 무덤에서 보고(寶庫), 거인들의 옛 공예품을 약탈했으며 자기가 원하는 술잔과 접시를 품속에 넣었다고 하노라.

그는 또한 군기 중 가장 밝게 빛나는 그 기를 집어들었노라. 나이든 군주의 칼, 철로 만들어진 칼날이 오랫동안 보물을 감시해온 그 늙은 용에게 이미 상처를 입혔노라. 밤중에 그 용은 보물을 보호하기 위하여 무섭게 분출되는 뜨거운 불의 공격, 공포의 화공(火功)을 감행하다 마침내 살해되었노라. 2780

전달자(위글라프)는 보물을 보이고 싶은 마음이 앞서 황급히 서둘렀노라. 그는 대담한 예이츠의 군주, 탈진해 있는 그를 이전에 남겨두고 온 그 평지에서 살아 있는 모습으로 볼 수 있을까 하는 호기심에 사로잡혔노라.

그러자 보물을 가진 그는 그 유명한 군주, 자신의 왕이 피를 흘리며 생의 종국에 달해 있다는 것을 알게 되었노라. 그가 다시 물을 뿌리기 시작하자 말의 첨단(尖端)이 가슴을 뚫고 터져나왔노라. 슬픔에 젖어 있는 그 노령의 전왕(戰王)은 황금을 바라보며 입을 열었노라.

"죽기 전에 제가 지금 여기에서 보고 있는 이러한 보물들을 저희 백성을 위하여 얻을 수 있도록 해주신 데 대해 영광의 하나님, 만물의 주님이신 영원하신 하나님께 감사의 말을 올리나이다.

이제 나는 이 보고와 나의 주어진 생명을 맞바꾸었노라.

2800 이제부터는 그대가 백성의 필요한 것들을 처리해주기 바라노라. 나는 이곳에 오래 머물러 있을 수 없노라.

화장이 끝난 후 전투에 명성이 자자한 자들로 하여금 바닷가의 갑(岬)에 장려한 무덤을 세우게 하오.

그것은 내 백성의 기념물로써 흐로네즈네스 갑 위에 높이 솟아 후에 흐릿한 바다 건너 먼 곳에서 배를 타고 오는 항해자들이 이것을 베오울프의 무덤이라고 부를 것이오."

용감한 군주는 목에서 금목걸이를 벗어 그 신하에게 주었고 또한 그 젊은 용사에게 금으로 장식된 투구, 팔찌 그리고 쇠사슬 흉부갑옷도 건네주며 그것들을 잘 사용하라고 당부했노라.

"그대는 우리 웨이문딩그족의 마지막 생존자라. 운명이 나의 모든 혈연자들, 굳세었던 용사들을 정해진 죽음으로 휩쓸어가버렸노라. 나도 그들 뒤를 따라가야만 하느니라."

이것은 뜨거운 파멸의 불길, 화장용 장작더미를 선택하기 전에 의중의 생각을 토로한 그 노인의 마지막 말이었노라. 그의 영혼은 그의 가슴을 떠나 의로운 자들의 영광을 찾아갔노라.

XXXIX

2821 그 젊은이는 자신이 가장 사랑하는 사람이 생명의 종국에 달해 고통 속에 애처로이 누워 있는 것을 볼 때 참기 어려운 아픔을 느꼈노라. 살해자인 그 무서운 땅속 용도 생명을 잃고 파멸 속에 압도당하여 누워 있었노라. 몸을 감은 용도 더 이상 보고를 보호할 수 없었노라. 망치로 단조되어 견고하고 전투에서 날카로워진 칼날이 그를 처치했으므로 그 원거리 비행자는 부상을 입어 행동력을 잃고 자신의 보물 창고 근처의 땅에 쓰러졌노라.

그는 밤중에 공중을 날아다니면서 자신의 모습을 드러내며 의기양양하게 과시할 수 없었으니, 이는 장수의 전투력에 의해 땅에 쓰러졌기 때문이니라. 그러나 내가 듣기에 그 어떤 힘센 자도 비록 그가 모든 일에 대담할지라도, 적의 독기 서린 입김을 향해 돌진할 수 없으며 또한 동굴에 살고 있는 그 감시자가 깨어 있는 것을 보고서도 손으로 보물 창고를

2840 어지럽힐 수 있는 자는 이 지상에 거의 없다는 것이었노라.

그 귀한 보물은 베오울프의 죽음으로 갚아졌노라.

둘은 지상에서 빌려진 생명의 마지막 순간에 당도했노라. 그리고 얼마 되지 않아 싸움을 회피했던 자들, 이전에 그들의 군주가 도움을 가장 필요로 한 때에 용감하게 창으로 싸

우지 못하고 서약을 파괴한 열 명의 겁쟁이들이 숲속에서 함께 나왔노라. 그들은 수치심을 느끼며 방패와 전투복을 갖추고 노령의 군주가 누워 있는 곳으로 왔노라. 그들은 위글라프를 쳐다보았노라. 용맹한 전사 위글라프는 지친 채 군주의 어깨 옆에 앉아 물을 뿌려 정신이 들게 하려 했으나 아무 소용이 없었노라. 간절히 원했지만 이 세상에서 그 지도자의 생명을 지속시키거나 신의 뜻을 바꿀 수는 없었노라. 하나님의 판결은 지금도 그러하시지만 모든 사람들의 행위를 주관하시느니라. 젊은 위글라프로부터 냉혹한 답변이 전에 용기를 잃었던 자들에게 이내 주어졌노라. 슬픔에 잠긴 웨오흐스탄의 아들 위글라프는 마음에 들지 않는 그들을 쳐다보며 말했노라.

2860

"들으라, 진실을 말하고자 하는 자는 다음과 같이 말할 것이니, 자네들에게 보물을 하사하신 군주께서는 그대들이 현재 그곳에서 갖추고 서 있는 전쟁 장비를 주셨고 가끔 홀의 주연석에 앉아 있는 신하들에게 원근 도처에서 찾을 수 있었던 가장 훌륭한 투구나 흉부갑옷을 하사하셨으나 격투가 벌어졌을 때 그 전의를 내던져버린 꼴이 되었노라고 말할 것이오. 그 백성의 왕께서는 자신의 전우들을 자랑할 이유가 전혀 없었소. 그럼에도 승리의 주관자이신 하나님께서는 그분에게 용기가 필요했을 때 검으로써 홀로 자신의 원수를 갚을 수 있도록 허락하셨소. 그 싸움에서 그의 생명을 보호하는 데 있어 나의 도움은 미약했으나 그럼에도 나는 내 힘의 한계 이상으로 그 혈연자를 돕기 시작했소. 내가 칼로 내리치

2880 자 그 지독한 적은 더한층 약해졌으며 그의 머리에서 솟구쳐 나온 화염도 더 약해졌소. 군주에게 고난의 때가 닥쳐왔을 때 그를 방어하기 위해 그 주위에 몰려든 자들은 거의 없었소. 이제 자네들 족속에게서는 보물을 받는다거나 검을 준다거나 또는 본국에서 누리는 모든 즐거움이나 평온이 사라지게 될 것이오. 먼 곳의 귀족들이 자네들이 도망친 그 불명예스러운 행동을 듣게 된다면 자네들 혈족의 모든 이들은 토지 소유권을 박탈당하고 방랑하게 될 것이오. 치욕스럽게 사느니 죽는 것이 모든 용사들에게 더 나을 것이오."

XL

2892 그리고 그는 전투의 결과를 바닷가 절벽 위의 진영에 알리라고 명했노라. 그곳에는 방패를 든 일단의 용사들이 아침 내내 슬픔에 젖어 그들의 경애하는 사람(베오울프)이 죽었는지 혹은 살아 돌아올지 궁금해하며 앉아 있었노라. 전령사는 바닷가 갑(岬)으로 말을 몰아 그 새로운 소식을 감추지 않고 모든 사람 앞에서 사실대로 말했노라.

2900 "이제 백성에게 기쁨을 주셨던 예이츠의 군주께서 용의 소

행으로 인하여 죽음의 자리, 살해의 침상에서 조용히 누워 계시오. 그분 곁에는 그 죽음의 적수도 단검의 상처로 쓰러져 누워 있소. 그는 검으로 그 괴물에게 어떤 방법으로도 상처를 입힐 수 없었소. 한 살아 있는 자가 다른 죽은 자의 곁에 있었으니, 웨오흐스탄의 아들 위글라프는 베오울프의 머리맡에 앉아 지친 마음으로 사랑하는 자와 증오하는 자(용)의 임종을 지켜보고 있었소. 왕의 죽음이 프랭크와 프리즐랜드인들에게 널리 알려지면 백성들에게 전쟁의 때가 도래하리라 예상되오. 후가스인들과의 격전은 히옐락이 그의 전함을 이끌고 프리즐랜드에 침입해옴으로써 시작되었소. 그곳에서 헤트와레인들은 우세한 전력으로 전투에서 그를 급습하였고, 쇠사슬 흉부갑옷을 입은 그 용사(히옐락)는 진중에

2920 서 쓰러져 죽었소. 그래서 그 군주는 그의 용사들에게 보물을 주지 못했소. 그 후로 메로빈기안 왕은 우리들에게 자비를 베풀지 않았소. 내가 스웨덴인들로부터 평화나 신뢰를 전혀 기대하지 않는 것은, 에이츠인들이 자만심에서 호전적인 스웨덴인들을 먼저 공격하였을 때 잘 알려진 바대로 온겐데오우가 레이븐즈우드 숲 근처에서 흐레델의 아들인 헤드킨의 생명을 빼앗았기 때문이었소.

오흐트헤레의 늙고 무서운 부친 온겐데오우는 즉각 반격을 가하여 바다의 왕(헤드킨)을 살해하고 오넬라와 오흐트헤레의 모친, 황금을 빼앗긴 나이든 자신의 처를 구출하였

소. 계속해서 그는 철천지원수들을 추격하였고 그들은 마침내 군주를 잃어 레이븐즈우드 숲으로 가까스로 피신하였소. 그리고 그는 그의 막강한 군대로써 상처를 입고 기진맥진한, 칼에 죽지 않고 살아남은 자들을 포위하였소. 그는 긴 밤 내내 그 비참한 무리들에게 재앙을 가져다 주겠노라고 계속해

2940 서 협박했고 또한 날이 밝으면 그들을 칼날로 죽일 것이며 새들의 노리갯감으로 몇 사람을 교수형에 처하겠다고 말했소. 새벽녘이 되자 비탄에 잠긴 그들에게 구원이 임했으니 그들이 히엘락의 나팔 소리를 들었을 때였소. 그 용감한 군주, 히엘락은 백성의 노련한 무사들과 함께 그들 뒤를 추격해왔었소.

XLI

2946 스웨덴인과 예이츠인들의 핏자국, 사람들간의 잔인한 투쟁, 그리고 어떻게 이들 백성들간의 싸움이 벌어졌는지 널리 알려지게 되었소. 그리고 그 고령의 용감하고 노련한 왕은 깊은 슬픔에 젖어 동료 용사들과 함께 자신의 성채를 찾아 돌아갔소.

군주 온겐데오우는 히엘락의 무용과 유명한 전투력을 들어 알고 있었기에 더욱 멀리 퇴각했었소. 그는 저항을 시도

하지 않았으니, 이는 그가 바다의 용사들을 물리치거나 호전적인 항해자들에 대항해서 보물과 어린이들 그리고 여인들을 보호할 수 없었기 때문이었소. 노장 온겐데오우는 그곳에서 다시 흙으로 된 방벽 뒤로 물러났소. 그러자 스웨덴인들에게 추격이 가해졌고, 흐레델의 병사들이 적의 진영을 육박해 들어갈 때 히옐락의 군기는 그들의 피신처를 휩쓸었소. 그곳에서 백발의 온겐데오우는 칼날에 밀려 궁지에 몰렸고 마침내 그 백성의 왕은 에오브르의 결단에 굴복하지 않을 수 없었소. 원레드의 아들 울프는 화가 치밀어 무기로 그를 쳤소. 그래서 그 타격으로 인해 그의 머리카락 밑으로 피가 솟구쳐흘렀소. 그렇지만 고령의 스웨덴인(온겐데오우)은 두려워하지 않았으며 오히려 그 백성의 왕은 그쪽으로 몸을 돌려 더욱 심한 반격으로 그 치명적인 타격에 신속히 보답했소.

2960

원레드의 용감한 아들은 그 늙은 온겐데오우에게 반격을 가할 수 없었으니, 온겐데오우가 먼저 그의 머리에 있는 투구를 관통하여 그가 피투성이가 된 채 땅에 거꾸러졌기 때문이오. 그러나 그는 아직 죽을 운명이 아니었기에 비록 상처로 고통스러웠지만 다시 의식을 찾았소. 히옐락의 맹렬한 신하 에오브르는 자기의 형제, 울프가 쓰러지자 자신의 넓은 칼, 거인들이 만든 고검으로 방패벽을 관통하여 거인들이 만든 투구를 깨트렸소. 그러자 백성의 수호자, 온겐데오우 왕은 치명상을 입고 쓰러졌소. 예이츠인들에게 길이 열리고 그

980

들이 전쟁터를 장악할 수 있게 되자 많은 사람들이 그의 혈연자를 감싸안고 속히 일으켰소. 그러자 한 용사(에오브르)가 다른 용사(온겐데오우)를 약탈하여 그의 쇠사슬 흉부갑옷과 자루가 달린 견고한 검, 그리고 또한 그의 투구를 빼앗았소. 그리하여 그는 백발 용사의 장비를 히옐락에게 가져갔소. 그는 그 보물들을 받고서는 백성들 가운데 그에게 정중히 보수를 약속했으며 또한 그렇게 실행하였소. 흐레델의 아들, 예이츠의 군주 히옐락은 본국으로 돌아왔을 때 많은 보물로써 에오브르와 울프에게 그 전투에 대해 보답했소. 그들 각자에게 십만 쉐아트의 토지와 고리 사슬을 주었소. 그들이 전투에서 명예를 획득했기 때문에 세상의 어느 누구도 그 보수에 대해서 히옐락을 비난할 이유가 없었소. 그리고 그는 호의에 대한 맹약으로 집안의 명예인 그의 외동딸을 주었소.

3000 스웨덴 사람들이 우리의 군주(베오울프)가 죽었다는 것을 알았을 때, 불화와 적의 그리고 인간들의 지독한 증오심 때문에 우리들을 공격해올 것이라는 것을 나는 예견할 수 있소. 우리의 군주는 예전에 영웅들이 쓰러진 후에도 원수들에 대항하여 보물과 왕국 그리고 용감한 용사들을 보호했고 백성들의 이익을 도모했으며, 더 나아가 고귀한 업적을 이룩하였소. 이제 우리가 할 수 있는 최선의 길은 신속히 서둘러서 그곳에 있는 백성의 왕을 지켜본 다음, 우리에게 금고리를 주셨던 그분을 화장용 장식더미 위로 모셔가는 것이오. 보물

의 일부분만이 그 용감한 왕과 함께 불에 녹게 되는 것이 아니고, 그곳에는 보물더미와 힘들여 모은 수많은 황금, 그리고 최후에 목숨 바쳐 얻은 금고리들도 있게 될 것이오. 불이 이것들을 삼키고 화염이 감싸게 될 것이오.

어느 용사도 그분을 기념하여 보물로 몸을 치장하지 않을 것이며 아름다운 여인도 목에 장식고리를 걸지 않고 오히려 슬픔에 젖어 금을 빼앗긴 채 한 번이 아니고 자주 이국 땅을 걷게 될 것이오. 이제 그 대장은 웃음과 오락, 그리고 여흥을 저버렸소. 그런즉 아침의 많은 차가운 창(槍) 손에 붙잡혀 올려질 것이고, 용사들을 일깨우는 하프 소리도 없을 것이며, 단지 죽은 자를 탐하는 검은 큰 까마귀가 독수리에게 그가 이리와 함께 시체를 훔쳐 먹을 때 어떠했느냐고 물으면서 많은 것을 이야기하게 될 것이오."

3020

이와 같이 그 용감한 사람은 고통스러운 이야기를 전달했노라. 말이나 사실에 있어 크게 잘못 전하지 않았노라. 모든 용사들은 일어서서 슬픈 마음에 솟아오르는 눈물을 머금고 기이한 광경을 보려고 에아르나네스 갑 밑으로 내려갔노라.

그리고 그들은 옛날에 그들에게 금고리를 하사하셨던 그분이 생명을 잃고 모래사장의 휴식처에 누워 있는 것을 보게 되었노라. 그 훌륭한 분에게 최후의 날이 닥쳐왔으니, 에이츠의 군주는 기이한 죽음을 맞이했노라. 그들은 먼저 그곳에서 평지에 있는 이상한 짐승, 가증스러운 용이 맞은편에 누

3040 워 있는 것을 보게 되었노라. 얼룩덜룩한 색으로 무서운 형상을 한 그 화룡은 화염에 그슬려 있었고, 누워 있는 그 용은 오십 피트나 되었노라.

한때 그는 밤하늘을 나는 즐거움을 누리다가 다시 자신의 소굴을 찾아 내려왔노라. 그리고 그는 죽음에 단단히 붙들려 마지막으로 땅속에 거하게 되었노라. 그 용 곁에는 술잔들과 술병들이 세워져 있었고 접시들이 놓여 있었으며 천년 동안이나 땅의 품속에 묻혀 녹이 슬어 부식된 훌륭한 검들이 놓여 있었노라.

막대한 유산인 옛 사람들의 황금은 주문에 걸려 있어 인간들의 보호자시며 영광의 참된 왕이신 하나님 자신께서 그가 보시기에 합당한 사람에게 그 보고를 열 수 있도록 허락해 주시지 않으신다면 어느 누구도 그 금고리 홀에 접근할 수 없었노라.

XLII

3058 그 짐승이 보물을 동굴 안쪽 벽 밑에 부당하게 숨겨둔 행위는 그에게 있어 별다른 이득이 되지 못했다는 것이 명백해졌노라. 그러나 그 감시자는 먼저 몇 명 중의 한 사람(베오울프)을 살해했노라. 그리고 그 용의 적대 행위는 무자비하

게 보복되었노라. 무용의 명성을 지닌 용사가 생의 예정된 마지막을 어디에서 맞이하게 되는가를 안다는 것은 신비로운 일이노라. 그러면 사람은 더 이상 그의 혈연자와 함께 향연장에서 거할 수 없게 되느니라. 베오울프에게도 마찬가지였으니 그가 무덤의 감시자와의 치명적인 격투를 찾아나섰을 때 이 세상과의 작별이 어떤 방식으로 이루어질지 그 자신도 알 수 없었노라. 보물을 그곳에 놓아두었던 유명한 군주들은 보물을 두고 최후의 심판 때까지 지속할 엄한 공표를 발했으니, 그곳을 약탈하는 자는 죄를 짓게 되어 우상의 신전에 갇혀 지옥의 속박에 단단히 매여 비참하게 고통을 당하게 되리라는 것이었노라. 베오울프는 그 소유자(용)의 유산인 풍부한 금을 충분히 잘 살펴볼 수 없었노라. 웨오흐스탄의 아들 위글라프는 말했노라.

"우리에게 일어난 것같이, 많은 사람들은 때때로 한 사람의 뜻으로 인해 고통을 겪어야 하오. 우리들은 경애하는 군주, 왕국의 수호자에게 그 황금의 감시자를 대항하지 말고 그 용으로 하여금 그가 오랫동안 거하던 곳에서 그대로 머물게 하여 세상이 끝날 때까지 그의 처소에 살도록 내버려두라는 충고로 그를 설득할 수 없었소. 그는 자신의 고귀한 운명을 따랐소. 잔혹하게 획득한 보물이 보였소. 백성의 왕을 그곳으로 몰아간 운명의 힘은 너무나 가혹했소. 나에게 길이 열려졌을 때 그곳에 들어가서 그 안에 있는 모든 보물을 둘

3080

러볼 수 있었소. 흙벽 밑을 통해 그 안으로 들어가는 길은 결
코 쉽사리 허락되지 않았소. 나는 무겁고 거대한 보물더미
짐을 황급히 손에 붙들고 이곳 내 군주에게 가져왔소. 그때
군주께서는 살아 계셨고 의식과 분별력도 있으셨소. 슬픔 속
에 그 고령의 군주께서는 많은 것을 말씀하셨소. 또한 나로
하여금 당신들에게 안부를 전하라고 하시며 화장용 장작더
미 그 자리에 군주의 업적을 기념할 높고 장엄한 무덤을 세
3100 우라고 하셨소. 이것은 군주께서 자신의 성채에서 부를 누릴
수 있는 동안 이 넓은 지상의 사람들 가운데 가장 명예로운
용사였기 때문이었소. 자, 이제 서둘러 벽 밑에 있는 진기한
것, 정교한 보석더미를 한번 더 보러 갑시다. 나는 당신들이
많은 고리들과 폭이 넓은 황금판들을 아주 가까이서 볼 수
있도록 인도하겠소. 우리가 나와서는 관대(棺臺)가 신속히
준비되도록 합시다. 그리하여 우리들이 사랑하는 군주이신
그분이 하나님의 보호 아래 오래도록 머물 수 있는 곳으로
옮기도록 합시다."

그리고 전투에 용맹한 웨오흐스탄의 아들은 많은 용사들,
집을 소유하고 있는 자들, 백성의 지도자들에게 먼 곳에서
그 훌륭한 사람을 위한 화장용 장작더미로 쓰일 나무를 가져
오라고 했노라.

"이제 불, 검은 불꽃이 점점 커지면서 용사들의 군주를 집
어삼킬 것이오. 그분은 시위에서 화살이 발사되자 깃털이 부

착된 화살대가 열심으로 그 임무를 수행하여 화살촉을 도와 철의 소나기처럼 방패의 벽을 넘어 빗발치듯 날아드는 것을 자주 견뎌내었소."

3120 진실로 웨오흐스탄의 현명한 아들, 위글라프는 왕의 친위대 중에서 최상의 용사 일곱 명을 함께 소집했노라. 여덟 명의 용사 중 하나인 그는 적의 지붕 밑으로 들어갔으며 앞장서 걸은 사람이 손에 횃불을 들고 있었노라. 그들은 그 보고가 감시하는 자 없이 그 홀에 쓸모 없이 남아 있는 것을 보았을 때 누가 그 보물을 약탈할 것인가에 대해 추첨으로 정하지 않았노라. 그들은 조금도 두려워하지 않고 신속히 그 귀중한 보물들을 밖으로 가지고 나왔노라. 그들은 또한 용, 그 늙은 뱀을 절벽 위로 떠밀어내어 파도로 하여금 그 용을 받도록 했으니 바다가 그 보물의 감시자를 껴안았노라. 엮어 만든 온갖 종류의 수많은 금제품들이 짐차에 실렸고 백발의 투사인 그 왕은 흐로네즈네스 갑(岬)으로 옮겨졌노라.

XLIII

3137 그리고 예이츠인들은 베오울프 왕이 명한 대로 그를 위하여 지상에 사사롭지 않은 화장용 장작더미를 마련하고 그 주위에 투구, 전투용 방패, 빛나는 쇠사슬 흉부갑옷 등을 매달

았노라. 그리고 애도하는 용사들은 그들의 사랑하는 군주, 위대한 왕을 그 한가운데에 안치했노라. 이어서 용사들은 언덕 위에 가장 큰 화장용 불을 지피기 시작했노라. 불이 가슴까지 뜨거워진 뼈의 집(육신)을 부스러뜨릴 때까지 나무 연기가 불길 위로 시커멓게 솟아올랐고, 세찬 소리를 내는 불꽃은 울음 소리와 뒤섞여졌으며 소용돌이치는 바람은 잠잠해졌노라. 낙담한 그들은 슬픈 마음으로 그들 군주의 죽음을 애도했노라. 또한 머리를 묶어 올린 한 예이츠 여인이 베오울프를 위한 애가, 슬픔의 노래를 부르며 반복해서 말했으니, 그녀는 습격, 수많은 학살, 군대의 공포, 굴욕과 감금 등을 심히 두려워한다고 했노라. 그리고 예이츠인들은 갑(岬)에 그의 피난처(무덤)를 세웠으니, 그것은 높고 넓었으며 멀리 항해자들에게도 보였노라. 그들은 전투에 용감한 그의 기념물을 열흘 동안에 완성했노라. 그리하여 그들은 가장 현명한 자들이 고안해낼 수 있는 방법에 따라 가장 장엄하게 타고 남은 재를 벽으로 둘러쌌노라. 그들은 이전에 적의를 품은 사람들이 그 보고에서 가져왔던 금고리, 보석들을 비롯한 모든 장식품들을 그 무덤 속에 넣었노라. 그들은 땅으로 하여금 영웅들의 보물을 간직하도록 했노라. 땅속에 있는 황금은 예전과 같이 지금도 여전히 사람들에게 아무 쓸모 없이 그 곳에 그대로 있노라. 모두 열두 명에 달하는 전투에 용감한 귀인의 아들들이 말을 타고 무덤 주위를 돌면서 슬픔을 토하며

3160

왕을 애도하고자 비가를 읊고 그에 대한 이야기를 하고자 했노라. 그들은 그의 영웅적 업적을 높이 샀으며 그 용맹스러운 행위의 뛰어남을 칭송하였노라. 이런즉 자비로운 군주가 육(肉)이 거하는 집을 떠나게 될 때 그를 진심으로 사랑하며 말로써 공경하는 것이 사람에게 합당한 일이니라.

그리하여 그의 가장 절친한 동료인 예이츠 백성들은 군주의 죽음을 애도하며 말하길, 그는 이 세상의 왕들 중 가장 온화하시고 가장 정중하시며, 또한 백성들에게 가장 친절한 분이시며, 무엇보다 명예를 가장 열망하신 분이었노라고 했노라. 3182

영웅주의 에토스에 가미된 종교적 색채

「베오울프」에서는 몇 개의 소주제들이 유기적 관계를 유지하면서 영웅주의 사회의 가치관을 중심으로 형성되는 생의 본질에 대한 탐구라는 대주제를 이루고 있다. 동시에 이 소주제들은 작품 구성의 핵심 요소로서 작용하게 된다.

첫번째 주제는 명예를 둘러싼 용사들의 영웅적 경쟁 의식인데 이는 주로 시의 전반부(시행 1~2199)에서 두드러지며 영웅들간의 쌍방 관계에서 파생되는 경쟁 의식이다. 반면 주인공 베오울프가 왕이 되어 화룡과의 격투 끝에 장렬한 죽음을 맞이하게 되는 후반부(시행 2200~3182)에서는 주인공 한 사람만을 중심으로 한 영웅 의식이 다루어진다. 기독교와 달리 영혼의 영속성을 중시하지 않았던 영웅주의 사회에서는 살아 있는 동안의 영웅적 행위로 말미암아 후대의 사람들에 의해 영원히 칭송되어지는 명예를 생의 최대 가치로 여겼었다.

즉 명예는 그들에게 있어 불멸성을 지닌 영혼인 것이다. 주인공 베오울프 역시 자신의 말을 통해 이러한 영웅주의 행동철학을 깊이 인식하고 있음을 보여준다.

"우리 각자는 이 세상에서 생의 마지막을 맞이해야 합니다. 할 수 있는 자는 죽기 전에 명예를 얻도록 해야 합니다. 이것이 사후 그 용사에게 남겨질 최상의 일입니다."

이러한 독특한 행동철학에 충실하여 영웅적 죽음을 맞이했던 베오울프는 '명예를 가장 열망하신 분'이라는 최대의 찬사를 얻게 된다. 하지만 한 용사에게 주어지는 명예는 상대적으로 뛰어난 무용의 결과이기 때문에 대부분의 경우 그와 견주어지는 상대방 용사가 필요하게 된다. 이리하여 영웅적 경쟁 의식이 싹트게 되는데 때로는 암시적으로, 때로는 명시적으로 작품 속에서 나타나게 된다. 덴마크에 침입한 괴물 그렌델을 격퇴하기 위해 덴마크에 도착한 예이츠인 베오울프는 덴마크인들의 영웅적 자존심을 건드리지 않기 위해 신중한 태도를 보인다. 괴물과의 격투를 허락해달라고 간청하는 장면에서 베오울프는 고도의 찬사가 들어 있는 왕의 호칭을 4회 반복함으로써 덴마크 영웅주의의 상징이라 할 수 있는 왕의 자존심을 높여준다. 이러한 화술은 고도의 전략적 화술이며 동시에 민감한 상황에 현명하게 대처하는 베오울프의 지략을 엿볼 수 있는 부분이다. 덴마크 용사들이 감당하지 못한 일을 하겠다고 나선 베오울프의 출현에 덴마크 왕 흐로드가르는 영웅적 경쟁 의식을 시사하는 화술을 전개하여 마지막 남은 자존심을 견지하기 위해 노력한다. 흐로드가르 왕은 베오울프의 부친이 자신에게 커다란 빚을 졌다는 것을 베오울프에게 의도적으로 상기시킴으로써 베오울프로 하여금 그의 모험이 아들로서 부친이 입은 은혜를 마땅히 갚아야 한다는 책임 의식에서 비롯되었다는 것을 우회적으로 알리고 있는 것이다. 그리하여 괴물을 격퇴하여 이웃 왕국을 구출하겠다는 순수한 영웅적 동기가 이 말에 의해 희석되어지고 있는 것이다. 더욱이 베오울프의 영웅적 호언장담인 '나는 젊은 시절 용맹스러운 일들을 성취해왔소'라는 말에 흐로드가르 왕은 '나는 젊은 시절부터 광대한 왕국을 다스려왔노라'라는 되받아치기식의 화술을 구사하여 영웅적 행위를 동등시하려는 우회적 수사법을 쓰고 있다.

이러한 식의 경쟁 의식은 베오울프와 덴마크의 젊고 뛰어난 용사 운페르드 사이에서 극대화된다.

괴물과의 격투 전에 영웅적 기개를 거침없이 토로하는 베오울프를 겨냥하여 운페르드는 자신이 잘못 알고 있는 베오울프의 과거 실패담을 상기시키며 호언장담을 자제하고 격투의 승리로써 영웅적 자질을 입증하라는 우회적 일침을 가한다. 그 역시 베오울프의 출현으로 입게 되는 자신과 덴마크인들의 영웅적 자존심을 방어하기 위해 전략적 화술을 구사하고 있는 것이다. 전반부의 경쟁 의식 구도는 베오울프가 실제 격투에서 괴물 그렌델을 무찌르는 영웅적 업적을 이룩함으로써 끝나게 된다.

두번째 주제는 '선물 하사 *gift-giving*' 혹은 '보상'에 근거한 도덕 규범이다. 영웅주의 사회는 한 군주나 왕을 중심으로 일군의 무사들이 모여서 이루어진 '코미타투스 Comitatus'라는 집단으로 구성되어 있다. 군주와 그를 따르는 용사들은 독특한 상호 계약에 의해 그들의 관계를 유지하게 된다. 즉 군주는 평화시에 용사들의 지속적인 충성을 다짐받기 위해 연회석상에서 많은 금품을 분배함으로써 그의 관대함을 입증해야 하고, 그 대가로 용사들은 군주와 자신들이 속해 있는 조직 및 사회의 안전을 위해 목숨을 바치겠다는 영웅적 결의를 보여야 하는 것이다. 이리하여 보물은 그 사회를 결속시키는 주된 역할을 하게 되는 것이다. 또한 용사의 영웅적 행위는 그 업적을 인정하는 보물 하사품으로 입증되므로 보물은 용사가 지니게 되는 명예의 가시적 징표 역할을 하게 된다. 보물의 기능 및 가치는 '황금을 하사하는 친우' '보물을 하사하는 자' 등과 같은 군주의 호칭에서 극명하게 드러나고 있다. 「베오울프」에서는 이 보물의 기능 및 가치에 대한 인식이 남자들 외에 한 여인에게서도 엿보여 고대 문학에서의 여인의 역할에 대한 고찰을 가능케 하고 있다. 덴마크 왕비인 웨알데오우는 왕인 흐로드가르에게 그가 베오울프에게 했던 보상에 대한 약속을 꼭 지킬 것을 상기시키는데 이는 미래에 필요할지도 모를 베오울프의 도움을 확보키 위한 전략적 화술로 풀이되어진다. 웨알데오우의 이러한 보물의 중요성에 대한 인식은 조카인 흐로둘프를 보물로써 환대하라는 남편인 흐로드가르 왕에 대한 그녀의 권면에서 잘 나타난다. 그녀의 의중은 흐로둘프가 미래에 일으킬지도 모를 왕권 찬탈을 위한 야심을 현재의 극진한 보물 하사를 통해 미연에 방지하고자 하는 데 있는 것이다. 자칫 수동적 역할로 격하되기 쉬운 남권 우월주의인 영웅주의 사회에서 왕비 웨알데오우는 보물을 통한 능동적 역할을 십분 발휘하고 있는 것이다.

세번째 주제는 복수를 기반으로 한 행동 규범이다. 영웅주의 사회 일원들은 군주나 혈족의 죽음과 같은 불행에 대해 복수에 대한 의무를 지게 되는데 이 또한 사회를 결속시키는 연결 고리 역할을 한다. 하지만 복수의 의무는 반드시 피를 전제로 하는 응징으로 이행되었던 것은 아니고 때로는 죽은 자의 몸값에 해당하는 가축이나 보물을 받으므로써 대신되어지기도 했다. 주인공 베오울프가 이러한 복수를 기반으로 한 영웅적 에토스에 완벽히 충실했던가에 대해서는 약간의 의구심을 자아낸다. 「베오울프」에서 강조되는 염격한 의미의 복수는 군주가 고난을 당하는 순간은 물론, 그가 죽은 후에도 끝까지 사력을 다해 적에 대항하는 것이다. 하지만 베오울프는 자신의 군주이자 혈족인 삼촌 히옐락이 전투에서 사망하게 되자 그 현장을 빠져나와 바다 건너 고국에 홀로 돌아오게 된다. 하지만 그가 군주의 죽음을 앙갚음하기 위해 끝까지 싸우다 장렬한 죽음을 맞이했더라면 복수를 기반으로 한 행동철학은 더욱 빛을 발했을 것이다. 그러나 후에 베오울프는 군주를 살해했던 데이흐레븐을 죽이므로써 군주에 대한 복수를 하게 된다. 베오울프에 있어 이러한 불완전한 복수에 대한 에토스는 국토를 초토화시키는 화룡에 맞서 싸워 용을 살해하고 자신도 장렬한 죽음을 맞이함으로써 완벽하게 이루어진다.

네번째 주제는 주인공 베오울프의 '영적 각성'이다. 완전한 형태의 영적 자각은 시의 끝부분에서 이루어지지만 초반부에서부터 베오울프는 신의 섭리나 운명에 대해 반복하여 언급함으로써 자신의 생의 향방을 통제하고 있는 어떤 힘(운명, 신의 섭리)을 깊이 인식하고 있음을 보여준다. 이러한 인식은 '운명은 그의 길을 가야만 하는 것이오'라는 그 자신의 말에서 엿볼 수 있다. 이 시에서는 이교도적인 운명관과 기독교적 의미의 신의 섭리가 중복되어 나타나고 있다. 영적 각성에 대한 주제는 작품 중반부에 나타난 흐로드가르 왕이 베오울프에게 행한 종교성이 강한 권면에서 구체화된다. 괴물 그렌델을 격퇴하고 최고의 영예의 순간에 오른 베오울프에게 흐로드가르 왕은 자만과 교만에 빠지지 않도록 권면하며 불안정한 세상에 마음을 두지 말라는 경고를 하고 있다. 신의 정당한 길에서 벗어나 비뚤어진 마음으로 향하지 말라는 종교적 색채가 짙은 권면을 행하게 되는데 이는 기독교 전통에 해박한 시인이 기독교적 가치관을 작품 속에 깊이 투영하고 있는 부분이다. 왕이 된 베오울프는 화룡의 습격을 신의 응징으로 간주하며 자신의 지나온 생에 대해 깊은 성찰의 기회를 갖게 된다. 이 과정에서 베오울프는 생의 허탈감에 빠진 두 사람의 마음속에 들어가 그들과 같은 심정에 이르게 되어 생에 대한 새로운 자각을 경험하게 된다. 이러한 자각은 그들 중 한 사람인 아들을 잃은 늙은 영주의 마음을 대변한, 베오울프의 '들판이나 거주지 할 것 없이 세상 모든 것이 그에게 광활하게 느껴지기 시작한다'라는 말에서 엿보인다. 한때 자신의 막강한 지위와 권력으로 세상 위에 군림해왔던 이 영주는 아들을 잃고 겪게 되는 생에 대한 허무로 말미암아 광활한 주변에 압도되어 하찮은 존재로 전락하는 자신을 느끼게 된다. '모든 것이 그에게 광활하게 느껴진다'는 표현은 그의 육신과 영혼이 주위의 공간 속에 흡수되고 있음을 암시하며, 이는 곧 새로운 자아에로의 전환을 의미하게 되어 영적 각성이 이루어지고 있음을 나타내고 있는 것이다. 이러한 마음의 변화를 감지할 수 있다는 것은 베오울프 자신이 이러한 영적 각성에 들어갔다는 것을 의미한다. 영웅주의 사회의 가치관과 무관한 생의 허무감에 대한 베오울프의 자각은 그가 가시적인 영웅적 행위로 규정되는 영웅주의 사회의 행동철학에 한계가 있음을 깊이 깨닫고 있는 것을 의미한다.

기독교에서 강조하는 양심의 법률에 근거한 정신적 자각이 베오울프 왕에게 엿보이는데, 이것은 '신의 영원한 규약을 깨뜨렸다'는 각성에서 구체화된다. 자신의 내면 세계를 성찰하여 신과의 관계를 재정립하고자 하는 베오울프의 정신적 자각은 단순한 이교도 영웅에서 탈피하여 자신의 양심 세계를 감찰할 수 있는 정신적 완숙의 경지에 다다른 그의 기독교적 영웅의 모습을 보여주는 것이다.

즉, '굴욕의 문화'로 대변되는 영웅주의 도덕 규범에서 '양심의 법칙'을 중시하는 기독교 규범으로 전환하게 되는 것이다. 이러한 가치관의 변화를 통해 시인은 베오울프를 영웅주의적 전형의 인물에서 탈피시켜 내적 자성을 겪는 근대적 의미의 개별성을 지닌 인물(성격)로 승화시키고 있는 것이다. 시인의 이러한 예술적 기교에 의해 「베오울프」 시는 영웅시의 범주를 넘어 대서사시로 탈바꿈하게 되는 것이다.

생에 대한 깊은 통찰을 나누고자 했던 한 시인의 예술혼은 「베오울프」와 함께 영원히 남게 될 것이다.

번역의 텍스트로는 1950년 판인 FR. Klaeber의 *Beowulf and The Fight at Finnsburg*를 썼다.

참 고

「베오울프」의 배경이 되는 지도

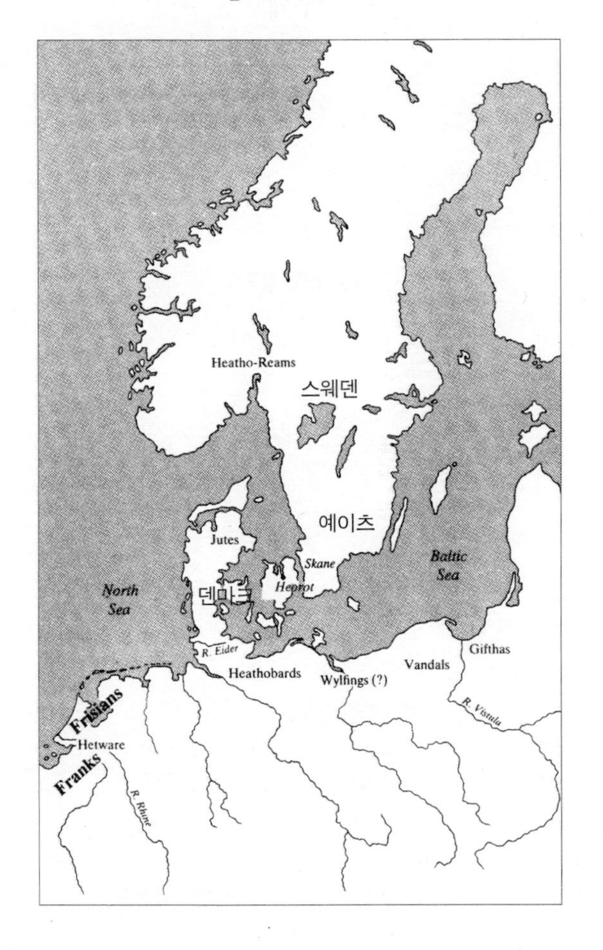

왕가의 계보도

덴마크 왕가

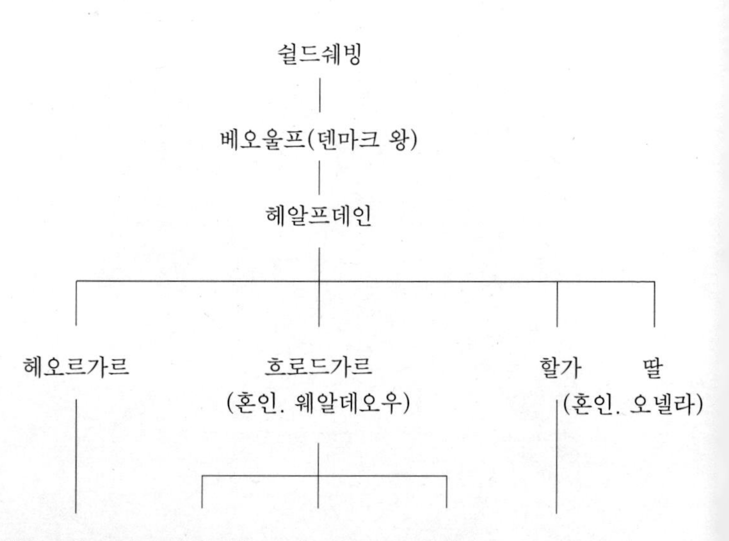

예이츠 왕가

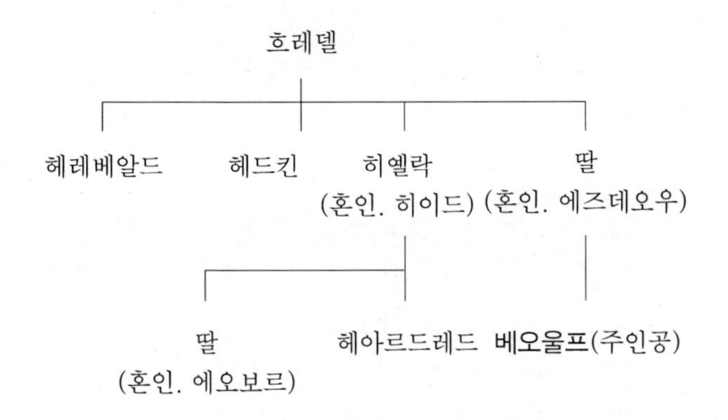
호레델
헤레베알드
헤드킨
히옐락
(혼인. 히이드)
딸
(혼인. 에즈데오우)
딸
(혼인. 에오보르)
헤아르드레드
베오울프(주인공)

스웨덴 왕가

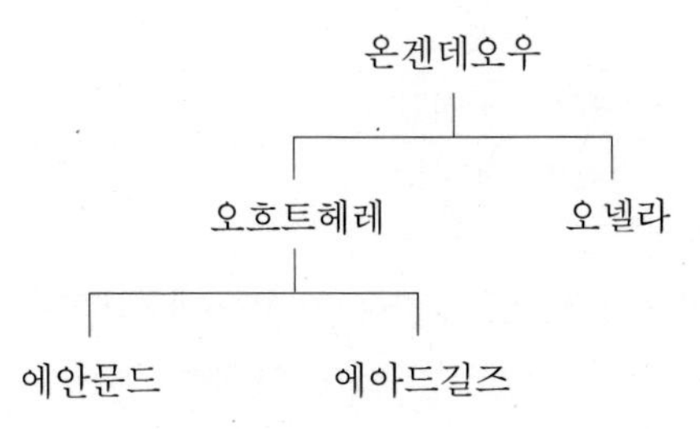
온겐데오우
오흐트헤레
오넬라
에안문드
에아드길즈

문지스펙트럼

제1영역: 한국 문학선

1-001 별(황순원 소설선 / 박혜경 엮음)
1-002 이슬(정현종 시선)
1-003 정든 유곽에서(이성복 시선)
1-004 귤(윤후명 소설선)
1-005 별 헤는 밤(윤동주 시선 / 홍정선 엮음)
1-006 눈길(이청준 소설선)
1-007 고추잠자리(이하석 시선)
1-008 한 잎의 여자(오규원 시선)
1-009 소설가 구보씨의 일일(박태원 소설선 / 최혜실 엮음)
1-010 남도 기행(홍성원 소설선)
1-011 누군가를 위하여(김광규 시선)
1-012 날개(이상 소설선/이경훈 엮음)
1-013 그때 제주 바람(문충성 시선)
1-014 보이는 것을 바라는 것은 희망이 아니므로(마종기 시선)
1-015 내가 당신을 얼마나 꿈꾸었으면(김형영 시선)

제2영역: 외국 문학선

2-001 젊은 예술가의 초상 1(제임스 조이스/홍덕선 옮김)
2-002 젊은 예술가의 초상 2(제임스 조이스/홍덕선 옮김)
2-003 스페이드의 여왕(푸슈킨/김희숙 옮김)
2-004 세 여인(로베르트 무질/강명구 옮김)
2-005 도둑맞은 편지(에드가 앨런 포/김진경 옮김)
2-006 붉은 수수밭(모옌/심혜영 옮김)
2-007 실비/오렐리아(제라르 드 네르발/최애리 옮김)
2-008 세 개의 짧은 이야기(귀스타브 플로베르/김연권 옮김)
2-009 꿈의 노벨레(아르투어 슈니츨러/백종유 옮김)
2-010 사라진느(오노레 드 발자크/이철 옮김)
2-011 베오울프(작자 미상/이동일 옮김)
2-012 육체의 악마(레이몽 라디게/김예령 옮김)
2-013 아무도 아닌, 동시에 십만 명인 어떤 사람
(루이지 피란델로/김효정 옮김)
2-014 탱고(루이사 발렌수엘라 외/송병선 옮김)
2-015 가난한 사람들(모리츠 지그몬드 외/한경민 옮김)
2-016 이별 없는 세대(볼프강 보르헤르트/김주연 옮김)
2-017 잘못 들어선 길에서(귄터 쿠네르트/권세훈 옮김)
2-018 방랑아 이야기(요제프 폰 아이헨도르프/정서웅 옮김)
2-019 모데라토 칸타빌레(마르그리트 뒤라스/정희경 옮김)
2-020 모래 사나이(E. T. A. 호프만/김현성 옮김)
2-021 두 친구(G. 모파상/이봉지 옮김)
2-022 과수원/장미(라이너 마리아 릴케/김진하 옮김)

2-023 첫사랑(사무엘 베케트/전승화 옮김)

2-024 유리 학사(세르반테스/김춘진 옮김)

2-025 궁지(조리스 칼 위스망스/손경애 옮김)

2-026 밝은 모퉁이 집(헨리 제임스/조애리 옮김)

2-027 마틸데 뫼링(테오도르 폰타네/박의춘 옮김)

2-028 나비(왕멍/이욱연 · 유경철 옮김)

제3영역: 세계의 산문

3-001 오드라덱이 들려주는 이야기(프란츠 카프카/김영옥 옮김)

3-002 자연(랠프 왈도 에머슨/신문수 옮김)

3-003 고독(로자노프/박종소 옮김)

3-004 벌거벗은 내 마음(샤를 보들레르/이건수 옮김)

3-005 말라르메를 만나다(폴 발레리/김진하 옮김)

제4영역: 문화 마당

4-001 한국 문학의 위상(김현)

4-002 우리 영화의 미학(김정룡)

4-003 재즈를 찾아서(성기완)

4-004 책 밖의 어른 책 속의 아이(최윤정)

4-005 소설 속의 철학(김영민 · 이왕주)

4-006 록 음악의 아홉 가지 갈래들(신현준)

4-007 디지털이 세상을 바꾼다(백욱인)

4-008 신혼 여행의 사회학(권귀숙)

4-009 문명의 배꼽(정과리)

4-010 우리 시대의 여성 작가(황도경)

4-011 영화 속의 열린 세상(송희복)

4-012 세기말의 서정성(박혜경)

4-013 영화, 피그말리온의 꿈(이윤영)

4-014 오프 더 레코드, 인디 록 파일(장호연 · 이용우 · 최지선)

4-015 그 섬에 유배된 사람들(양진건)

4-016 슬픈 거인(최윤정)

4-017 스크린 앞에서 투덜대기(듀나)

4-018 페넬로페의 옷감 짜기(김용희)

4-019 건축의 스트레스(함성호)

4-020 동화가 재미있는 이유(김서정)

제5영역: 우리 시대의 지성

5-001 한국사를 보는 눈(이기백)

5-002 베르그송주의(질 들뢰즈 / 김재인 옮김)

5-003 지식인됨의 괴로움(김병익)

5-004 데리다 읽기(이성원 엮음)

5-005 소수를 위한 변명(복거일)

5-006 아도르노와 현대 사상(김유동)

5-007 민주주의의 이해(강정인)

5-008 국어의 현실과 이상(이기문)

5-009 파르티잔(칼 슈미트 / 김효전 옮김)

5-010 일제 식민지 근대화론 비판(신용하)

5-011 역사의 기억, 역사의 상상(주경철)

5-012 근대성, 아시아적 가치, 세계화(이환)
5-013 비판적 문학 이론과 미학(페터 V. 지마/김태환 편역)
5-014 국가와 황홀(송상일)
5-015 한국 문단사(김병익)
5-016 소설처럼(다니엘 페나크/이정임 옮김)
5-017 날이미지와 시(오규원)
5-018 덧없는 행복(츠베탕 토도로프/고봉만 옮김)

제6영역: 지식의 초점

6-001 고향(전광식)
6-002 영화(볼프강 가스트/조길예 옮김)
6-003 수사학(박성창)
6-004 추리소설(이브 뢰테르/김경현 옮김)
6-005 멸종(데이빗 라우프/장대익 · 정재은 옮김)
6-006 영화와 음악(구경은)

제7영역: 세계의 고전 사상

7-001 쾌락(에피쿠로스/오유석 옮김)
7-002 배우에 관한 역설(드니 디드로/주미사 옮김)
7-003 향연(플라톤/박희영 옮김)
7-004 시학(아리스토텔레스/이상섭 옮김)